芹沢俊介

死のありか

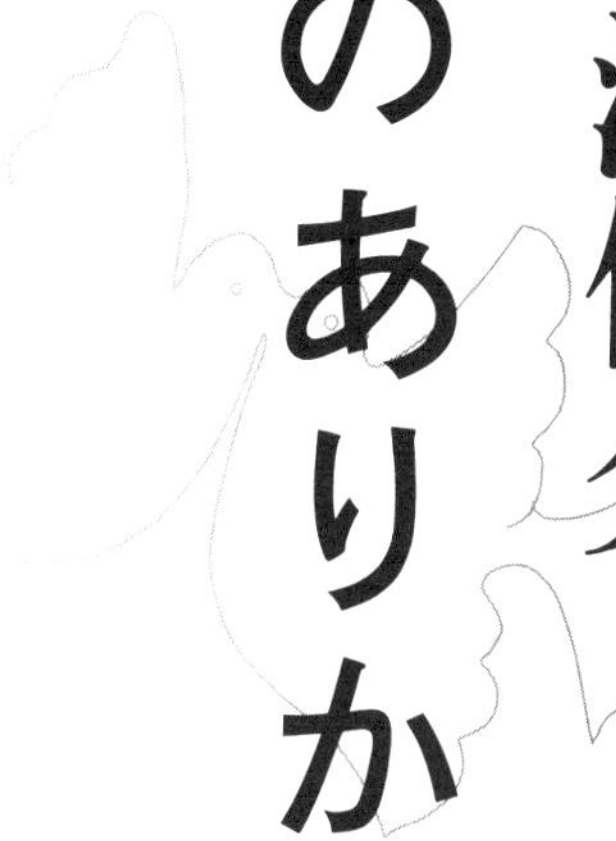

晶文社

ブックデザイン　三嶋典東

死のありか／目次

2

3

4

5

序——死のありか

生体肝移植を受けたという人に会ったことがある。立ち話にすぎなかったが、印象的だったのは、その人が子ども時代からかかえてしまっていた自分の宿痾との闘いについては一言も触れなかったことだ。弟がおり、親の関心がつねに病気をもっている自分に集中してしまい、弟への両親の配慮がどうしても薄くなったり、欠けてしまいがちであったこと、そのことが負担でならなかったなどと、弟への罪責感をこめて、真っ先に語ったことだ。肝臓を提供してくれたのは父親であると話したのはその後である。

弟から両親の愛を取り上げ、その取り上げた愛を兄が受け取る、こうしなければうしろから追いすがろうとする死を振り切ることができなかったということであろう。だが、そうしたことが兄弟のあいだに亀裂をもたらしたということなのだろう。

つい先日、若い友人の死があった。自宅の浴室で倒れ、亡くなったのだ。その人には持病があった。持病の発作を抑えるための薬を常備していた。だが体調がよかったせいであったのか、何日間かそれを服まなかったのだ。友の死を伝えてくれた人がそう教えてくれた。浴室で発作を起こし、助けを求められないまま、ひとり息絶えた、そのように想像すると、胸がきしきしと痛む。

ところで、いまどきの通例で、若き友もまた出かける直前にシャワーを浴びていたのだという。そうなると、もしも、という思いが頭を擡げてくるのを抑えられない。もしも発作を起こす時間がほんの少し後で、それゆえ人通りのある路上で倒れたのであれば、すぐに発見され、手当を受けられたであろうに、と。生きている私をこういう思いに誘うのは、若い友を襲った死であることは疑いない。

こういうとき運命という言葉を使いたくなる。運命はそれを若い友に許さなかったのである。そうした運命を呪いたくなる。こういう気持ちは私などよりも親が較べものにならないほど強く抱いたはずだし、いまも抱いているに違いない。死は運命という名のもとにやってきて、若い友をさらっていってしまった。

いったいどこに連れていってしまったのか？

宮沢賢治は、亡くなった友やきょうだいを尋ね求めることはむだだと「手紙四」や「銀河鉄道の夜」（異稿）のなかで記した。尋ねることがむだである理由も賢治は記している。「銀河鉄道の夜」（異稿）は、ついいましがたまでどこまでもいっしょに行こうと約束しあったばかりのカンパネルラが突如いなくなってしまい、その衝撃で泣いているジョパンニに、青白い痩せた大人の人が声をかける。カンパネルラを探すことはむだだと述べ、その理由をいくら探してもいっしょに行くことはできない、それにみんながカンパネルラだからだと語る。「手紙四」は、みんながカンパネルラだという箇所を、なぜなら生きとし生けるものはみな昔からのおたがいのきょうだいなのだから、と記している。

賢治のあげた宗教的理由をすんなりと理解することはむずかしい。しかし、直観的に私はとりあえず宮沢賢治の言葉にしたがおう、そして若い友人が永久にいなくなってしまったという事実だけを考えることにしようと思ったのだ。賢治の言葉を通すと、永久にいなくなってしまったということは、いっしょに行くことはできないということでもあることがわかる。ここに運命という言葉が私のなかでもう一度、よみがえってくるのを感じる。

後先が逆になってしまったけれど、死をその人が永久にいなくなってしまうことというふうに把握したのは芥川龍之介である。自己の幼年期を描いた自伝的作品「少年」のなかで、四歳の主人公堀川保吉は死とはどういうことかという疑問に捉えられる。その答えがわからないでいるのだが、ある日父親と風呂に入り、お母さんがじきにくるからといって先に出る父親の背中が湯気の向こうに消えてゆくのをみて、卒然と悟るのである。「死とはつまり父の姿が永久に消えてしまうことである!」。

私が、一見平凡にみえるこの芥川龍之介の死についての認識がいかに的確なものであるかを知ったのは、ごく最近である。

去年のちょうどいまごろ、『経験としての死』（雲母書房）という本を出した。死をテーマにした三部作（のつもり）の最初の一冊である。私がそこで試みてみたいと思ったのは、人の死を受けとめるということはどういうことであるかということをめぐる自分のなかでの問答であった。ここでの死は芥川龍之介の定義したものと同じである。人が自分のまえから永久に消えてしまうこと。そしてここに、いっしょには行けないことという賢治の視点を加えよう。

そのように理解された死を、喪失の問題として考えようとした。死が喪失であるなら、関係の違いによって死はそれを受けとめる位置によって異なる相をとって現われるはずだ。たとえば臓器移植を必要とする難病を抱えた子どもをもつ親はつねにこのような喪失に脅えているのであろう。その脅えを第三者である私は共有することができない。だから親は我が子に臓器の一部を提供し、第三者である私たちのだれもそれをしなかったのだ。

若い友の死が私に与えた喪失感と、友人の親やきょうだいが受け取った喪失感とは違うだろう。私は容易に友がいないことに馴れていくことができるであろうのに対して、親やきょうだいは喪失感とともに生きなくてはならない。

永久の喪失ということの重さは運命をどう測るかによって決まってくる。運命を測ることができないという結論になれば、喪失の重さ、あるいは大きさを計量することはできない。後はただ、それを担いで生きていくことであろう。死はいつまでも近親者や親しかった人のそばにある。死について、いま私はこんなことを漠然と考えている。

1

「自然」の注解

現代の孤独

センチメンタル

愛のデーモン

生命の質

七色の光のクラゲ

河童の川流れ

音楽の発見

無私

深い眠り

自立

「きゃうだい」

剖検

神さまのやり方がわからない

「自然」の注解

俳優渥美清の死は八月の暑い最中であった（一九九六年八月四日）。渥美清というより寅さんが死んだといったほうがぴんとくる。六八歳だったという。若くはないけれど、やはり早すぎた死であったと感じる。

私はその日昼間、テレビを見ながら画面の上部に流れるテロップをぼんやりとではあったが確かに読んでいた。それなのに傍らで別のことをしていた連れ合いに「誰かが死んだらしいよ、追悼番組があるって言ってるよ」とだけ話かけている。テロップの文字は渥美清の死を伝え、彼の追悼番組があることを告げていたのに、意味として私のなかに入ってこなかったのだ。

夜になり「寅次郎　心の旅路」が放映されているのを見て、はじめて渥美清の死を知ったのだった。

死はいつも唐突にやってくるように思える。唐突と感じられるのは、死の支配者が生きて、そして死んで行くものの外にいるからである。外にいる死の支配者とは自然であり、自然の運行であるように思う。そう考えていいのなら、死は人間のからだに組み込まれていた自然という機械がその運行（運転）を止めることだということになろう。

好きで、いくらかその詩と芸術の分析に打ち込んだことのある高村光太郎は、生と死にはさまれた人間の一生の営みはすべて、自然という大きな謎の注解にすぎないというようなことを言っている。では注解をやめた人間はどこに行くのか、高村さんは自然に帰るのだと答える。自然から生まれ自然に帰る、その間の一生は自然の注解に費やされる、徹底した自然主義の思考。こういう姿勢に私は強く魅惑されるのである。

渥美清の話に戻る。渥美清は私生活を人びとの目からだけでなく、親しい友人たちからもとことん消して、俳優としてのみ、寅さんとしてのみ生きた。渥美清がガンであることを誰も知らなかったという。

渥美清がガンであったことを知って、晩年の寅さんに生気が感じられなかった理由に合点がいった。死ぬ覚悟で映画に出ていたのだ。出演を辞退して治療に専念する道もあったであろうに、渥美清の選択は寅さんを演じ続けるというものであった。結局二六年の長きにわたって、シリーズ四八本に出演したのである。

渥美清は俳優でない自分を、生きた屍であると考えたのかも知れない。そのような意味で渥美清の死は、私人田所康雄の死と切り離された。

家族からすれば死んでようやく自分たちのもとに帰ってきたと思ったことだろう。俳優の家族というのはそういうものだよ、という渥美清の呟き声が聞こえるようだ。

近年、入院先を仕事の関係者に明かさず、家族だけに見送られて死を迎える、あるいは葬儀についても身内だけでおこなってもらいたい旨の遺言に残し、そのとおりに家族が遺言を執行する、そういう例が増えている。私も死に際してその程度の希望はもっている。

しかし、こうした死に対する向かい方は渥美清のそれとは微妙に違っている。渥美清は、こうした私人の死を迎えたいわけではなかった。俳優としての死を望み、望みどおり俳優として死んだのだ。演じられなくなることと、死が一つになった。それが渥美清の死ではなかったか。

まったく逆に、自分の病気を公表してしまう俳優もいる。いまはそちらのほうが目立つようになってきている。流行のようにさえ見える。私生活があらわになり、その細部としての家族や性があらわになり、次に病気があらわになり、最後に死があらわになる。俳優は自分の死でさえ、映像化されることを承認するだろうとさえ思えてくる。

そうした対極に、カメラを向けただけで脅えたような恥じらいの表情を浮かべた祖母のことを思い浮かべる。生涯、私生活圏を一歩も出たことのない人たちの一人だった明治二六年生まれの祖母は、いまから一八年前に八五歳になる直前に他界した。

以後、彼女は私の部屋の一枚の手札型のカラー写真のなかに小さくなって納まっている。けれどもつい最近のこと、その写真が色あせてきて、彼女の顔が薄らいで消えていきそうになってきたのだ。そのことに気づいたときには少しあわてるところがあった。なんだか、ほんとうに祖母がいなくなってしまいそうに思えたのである。

だからといって、根が不精な性格から何か手を打ったわけではないのだけれど、死はこんなふうにも訪れるのだと思ったことは確かであった。

現代の孤独

一九九六年九月二九日、神戸市の中央区にある仮設住宅に住む一人暮らしの三八歳の無職の男性が死亡しているのが発見された。すでに白骨化した状態で、自室の毛布のうえにうつ伏せになっていた。

冬物の茶色のセーターと白の股引、靴下を着けていること、室内にあったテレビの情報誌は十一月二四日の番組欄が開かれていたことなどからして、前年の十一月末か十二月初旬に死亡したものと推測されている。室内にはコタツ、テレビ、毛布が二枚、タンス類はなく、遺体のそばにウーロン茶のペットボトルが置いてあった。電気、水道は料金未払いのため四月頃止められていた。

この男性は一九九五年一月、阪神大震災でそれまで住んでいた須磨区の文化住宅が全壊した後、酒浸りになって肝臓病が悪化、九五年三月から市内の病院に入院していた。八月に仮設住宅に入居した。九二年八月にもクモ膜下出血で入院したことがあり、健康状態はよくなかったという。左隣りは空家、右隣りの住民も外出が多く顔を合わせることはなく、自治会にも入っていなかった。九六年一月頃に近くに住む食堂従業員のおばさんが、男性が顔を見せなくなったことに異変を感じ、交番やふれあいセンター（仮設住宅の住人たちの集会所）に伝えた。しかし反応は、留守にしていることも考えられるので、無断で部屋を開けることはできないというものであった。このときはすでに亡くなっていたのである。また年齢が若いためケースワーカーの巡回対象になっていなかった。報道によると仮設住宅での「孤独死」はこれで一〇三人目だという。

「孤独死」ということには説明が必要である。というのも、この男性は配偶者はいないけれど、兄弟はおり、文字どおりの天涯孤独ではなかったからだ。にもかかわらず、この男性は兄弟を頼っていない。裏返して言うなら、現在では親兄弟姉妹がいても、人は自分を天涯孤独と感じ、そのように振る舞わざるをえない状況があるということである。病気になっても、失業しても、誰にも頼れないということを覚悟して生活しなければならない、それが現代だということである。

人にかまってはいられない。あるいは人にかまわれることは迷惑だと感じる社会に、私たちは生きているのである。なんたる自由！　皮肉をこめて言っているのではない。この乾いた雰囲気を私は嫌いではない。

こうした乾いた雰囲気はどこから生じているのであろうか。私たちの社会はとうの昔に物（生活必需品）の欠乏という事態をクリアーしている。消費資本主義社会のなかで私たちの生活を規定しているのは、好み、つまり自由裁量性である。必需から離れた自由裁量性。消費資本主義社会が成熟してゆくということは、自由裁量性がさらに高感度な自由裁量性へと展開することを内実としている。

こうした状況において、人は自分に関してどこまでも恣意的（自由裁量的）であることが許される。けれど他方、その恣意性は自分に返ってくるしかない。何かをやっても手応えが希薄なのだ。

自由（恣意的）であることを個々が強制されている社会。では自由を個々に強制しているのは企業か。そうではないだろう。では学校か。そうではないだろう。では家族か。それも違うだろう。もちろん人（個人）でもない。多くこうした組織、家族、個人は自由に反対する。私の理解では、自由を強いてくるのは成熟した社会の根底から噴き出してくる強くて濃度の高い自由裁量性の気流なのである。

この自由裁量性のもたらす手応えのなさ、あるいは浮遊感は、いまや生の核心にも浸透してきているように思えてならない。その結果、自分の生に重さを感じられなくなってきているのではないか。

否定的な意味ではなく、この世の中に自分の生はあってもなくても変わりない、そんな生の相対感覚にとらえられてきているにちがいない。これはある面、私たちの気持ちを楽にする。

これをニヒリズムと呼べば、かなり新しいニヒリズムといえよう。すでに述べてきたように、存在と無、あるいは生と死の相対性という究極の自由感に触れてもいるからである。また、三八歳の「孤独死」には悲惨というイメージですべておおえないという実感もある。そういう感触を言葉にしたいのに、それが難しくて四苦八苦している。

確かに震災によって根無しにされたことの傷は、立ち直り不可能なほどのものだったであろうことは想像できる。これに病気が加わって、生きる気力を奪われ、投げやりになるという機制も了解できる。だが物を食べないことを決定するときには、意志が関係していたと考えざるをえない。空腹を他に訴えず、それに身をゆだねるという究極の選択があったはずなのである。現代社会の自由の特異性をここに見るといっても、それほど間違っているとは思えないのである。

センチメンタル

荒木経惟写真全集10『チロとアラーキーと2人のおんな』（平凡社）をめくっていたら、どきっとするようなページにぶつかった。見開きで一枚の作品である。右ページは写真であり、左ページは日記文である。写真は黒枠の上の縁から一本の紐らしきものが伸び、それが下半身を欠いた上半身だけの男の頭の後ろを通り首に巻きついている。服装は黒の喪服らしい。黒ボタンのついた白いワイシャツを着て、左胸に赤い花を飾っている。顔は口ひげ、黒メガネ、頭の正面は禿げあがり、両耳のうしろ髪はぴんとはねあがっている。口が大きくあいて、激しい苦悶が伝わってくる表情をしている。

左の文章にはこう書かれている。

「TVで夜の騎士道みながらジェラール・フィリップ&ペインティング　陰毛切りとって頭髪に　ヨーコの帯びひもで首吊り完成（妻が逝って首吊り自殺したA　1990年7月7日）」

もう一度写真に戻ろう。下のほうにぼそぼそっと家々の屋根が遠景に見える。あとは空ばかり。その空の前景に上半身の男が上からぶら下がっている。このぶら下がっている男は、写真にペインティングしたもので、そうしておいて、それを再度撮影している。男の顔は明らかに荒木氏だ。説明文ではどうやらもう息絶えてしまっているらしい。センチメンタル・アートの頂点だと思うよ、と荒木氏自身語っている。

センチメンタル・アートということについては少し説明が必要かも知れない。このAの首吊り自殺写真は『陽子』（荒木経惟写真全集3――ちなみに『チロとアラーキーと2人のおんな』は『陽子』の続編のような位置にある）における、「90・1・26」という日付が入った棺に横たわる陽子の花に埋まった死に顔の写真に対応している。つまりヨーコを喪った深い喪失感がAの自殺の原因である。実際に荒木氏が自殺したわけではないが、愛情に結ばれて生活している一方の死は、他方を同じように自分も死んでしまおうという気持ちにさせるものらしいということは容易に想像できる。ただそのような内面を「首吊り自殺したA」というようなかたちに表現し、それを写真化してしまうのは、荒木氏をのぞいて誰がいるだろうと思うばかりだ。この人は死ぬほど悲しみの感情に溺れている自分の内面を、このように形象化する。自分の陰毛を抜いて頭髪にするという発想などは悪戯っ子の行動なのか、深刻な喪失の感情にひたされているゆえに生み出された彼一流の猥雑なユーモアなのか区別がつかない。さらに自分は自殺しないで、自殺願望を戯画化してしまうのは、生き延びようとする荒木氏の生命意志の命じるところではなかったのかなどと考えてみたくなる。この深部の生命意志は彼の表層のヨーコのそばに行きたいという気持ちをあざ笑うかのように裏切る。

「物思いに沈んでいる表情が良い、と言ってくれた。私はその言葉にびっくりして、じっと彼を見詰めていたような気がする。その時まで私の世界は、きっと、原色だっただろう。けれど、その原色は渋いニュアンスのある色に変わろうとしていた。一人の男の出現によって、季節がはっきりと区切られていくのを秘かに自分の心の中に感じていた。私、20才。彼、27才。冬の終わり頃だった」(荒木陽子)

こうしてはじまった二人の愛情関係を病気が引き裂いてしまう。

「1時ちょっと過ぎになると、それじゃソロソロ帰るかな、と彼は帰り支度を始める。また明日も来て上げるから、と言いながら彼は私の右手をギュッと握りしめる。それは握手というより、夫の生命力を伝えてもらっているような感じで、私はいつも胸がいっぱいになった。彼の手は大きくて暖かく、治療に疲れて無気力に傾きそうになる私の心を揺さぶってくれた。その時の私にとって、彼の手の暖かさこそが生の拠りどころだったのではないか、と今しみじみ憶い出す」(陽子)

「1月26日10時頃ヒゲを剃っていると女子医大から容体が急変したとTEL。かけつけてみると、すでに昏睡状態。なにか言葉が欲しくて、ヨーコ、ヨーコ、ヨーコと声をかけては口もとに耳をあてた。アナタ、と言った。その後は、呼吸音だけ。泣き声のようだった。手指をにぎりしめると、にぎりかえしてきた。お互いいつまでもはなさなかった。午前3時15分、奇跡がおこった。ヨーコがパッと目をあけた。輝いた。私はベッドにあがって何枚も撮った。久しぶりのデュオだった。50になったらポートレイトをやると言ってた私に、ヨーコは〈ポートレイト〉をおしえてくれ、撮らせてくれた。最後の最後まで、私に写真を撮らせてくれた。そして、逝ってしまった」

高村光太郎の傑作「レモン哀歌」の現代版のような言葉だと思う。この時ヨーコ四二歳、経惟四九歳。こう記しながら自分が照れくさくなっている。でもこの照れくささから逃げてしまっては、センチメンタルであることの危うさと豊饒性を永遠にわからないだろう。手と手を握り、握り返す行為が一度は死を克服する奇跡を生んだ。その愛の光景を見失うことになる。

愛情があるということは、自らの生命力を相手に与えることだ。人は死を前にしたとき、生きているということが、愛する人とのあいだの生命力の相互贈与という無償の行為に支えられていたことに気づくのである。

愛のデーモン

紀伊国屋サザンシアターのこけら落とし公演で、シェークスピアの「ロミオとジュリエット」（小田島雄志訳、地人会、木村光一演出）を見た。たった数日という短い期間に若く美しいいのちが五つ、つぎつぎと失われていくドラマだ。

このカタストロフィー劇をどう演出するのか、とても興味があったのだ。そして実に思いがけない発見があった。名門の二家族、モンタギュー家とキャピュレット家との抗争というモチーフをばっさりと削り取った演出であったのだ。ご承知のとおりシェークスピアの原作は、二つの家族間の憎しみと抗争が両家の若い男女の愛を悲劇的な死にまで追いつめるという物語である。あるいはこう言い換えても同じだ。両家の息子と娘の恋と死が、王公さえできなかった憎悪とわだかまりをとかし和解に導くという筋書きであると。

ところが、木村光一の演出は、この憎しみ合う二つの家族の和解と若い夫婦の死を結びつけるというシェークスピアのモチーフをあっさりと無視したのである。すると何が浮かび上がってきたか。

愛のデーモンが若いいのちをつぎつぎと破局の地点――具体的にはジュリエットの埋葬されている墓場――へと手招きするというモチーフであったのである。このような見え方は新鮮であった。

まず家族間の抗争のかわりに二つの若者グループのあいだの抗争が浮かび上がってくる。家族の当主同士の憎み合いは、両家に連なる若い男の子たちを真っ二つに割る。つねに彼らは群れをなして行動し、出会えば剣を抜き殺し合いにまで発展しかねないほどの緊迫状態にある。一方の旗頭がティボルト。他方はいうまでもなくロミオだ。二つのグループの抗争の最初の犠牲者は、ロミオの仲間で友人のマーキューシオである。マーキューシオはティボルトの剣に刺されて死ぬ。だが、その死に方が問題なのである。

キャピュレット家で催された仮面舞踏会に乗り込んだロミオは、そこで親の仇敵の娘ジュリエットに出会い、その美しさに茫然となる。ジュリエットも同じだ。舞踏会が散会した後、ロミオの姿が強烈に目と胸に焼きつき、自室に入っても眠れないジュリエットは、バルコニーに出てきて心の火照りを思いきり吐き出す。

「おお、ロミオ、ロミオ！　どうしてあなたはロミオ？」

この独白はジュリエットの寝室近くの庭に潜んでいたロミオの耳に届き、二人はその場で結婚の約束をする。そして翌日二人はロレンス神父の前で夫婦の誓いをかわすのだ。

だが、ジュリエットの両親はパリス伯爵との結婚を希望していた。つまり、ジュリエットはロミオに出会いさえしなければパリスの妻になっていた。ここに運命の歯車に最初の狂いが生じた。一目惚れの恋。恋の王道である。一気に燃え上がるのも、この恋の特徴である。原作では両家の憎悪の激しさと、ふたりの恋の激しさは見合っているのだけれど、舞台はむしろ恋の激しさ、一途さがデーモンをはらみ、彼らの運命の歯車を少しずつ狂わせてゆく、そんな展開なのである。

デーモンをはらんだ歯車は急速に回りはじめる。剣を打ち合うマーキューシオとティボルト、そこへロミオがマーキューシオを制するかたちで介入したために、ティボルトの刃を受けてマーキューシオは死ぬ。ロミオはジュリエットの美しさが自分の心を弱気にし、それが友の死を呼んだと思う。この弱気になった自分を責める気持ちが、ロミオをティボルト殺害へと向かわせる。

ティボルトを殺したロミオは言う。

「おれは運命の慰みもの！」

ジュリエットにとってロミオに殺されたティボルトは身内である。しかし、夫であるロミオのほうがもっと身内であるのだから、ジュリエットはロミオの無事を喜ぶ。ここにも

「運命の慰みもの」がもうひとり生まれたのだ。

事情を知らない父親にパリス伯爵との結婚を承諾するよう迫られたジュリエットは、ロレンス神父に相談する。ロレンス神父は両親とパリスに結婚を諦めさせる最後の方法として、飲めば息絶えるが四二時間後に目をさますという薬を持ち出してきて、ジュリエットに死ぬことを提案する。そうすれば結婚は自然解消になり、ロミオの追放されて住む町へそっと送り届けてやると。

この提案もよくよく考えてみれば悪魔的ではないだろうか。神父という神に仕えるものの心に、悪意がみじんもなかっただけに、かえって魔が忍び込んだとしか思えない。どうしてかって？　密かな事実を書き記したロレンスの手紙がロミオにわたらず、ジュリエットの死と埋葬の報知だけがロミオにもたらされたからである。後はご承知のとおりの破局的な結末へ向かってまっしぐら――。

さて、あなたは五人の若い死者のために、愛のデーモンの手で狂わせられた運命の歯車を呪いますか。それとも愛のデーモンに身をゆだねることができる若さを言祝ぎますか。

生命の質

以前、京都市の特別養護老人ホームで、寝たきりの植物状態の女性が人工栄養を中断された結果、死亡したというニュースが報じられたことがある（毎日新聞、一九九七年一月六日）。人工栄養の投与を続ければ、なお最低でも数カ月は生存を続けられたであろうと書かれている。

女性はこのホームに一九八二年に入所している。九五年、脳梗塞の発作を起こし、その影響で身体《からだ》を動かすことはもちろん、食べることも話すこともできなくなった。必然的に人工栄養に切り替え、生命の存続が図られた。ところが昨年一月、彼女の右足の親指が懐死しはじめたのである。そして六月、医師と看護婦と介護主任とで今後の対応策を検討し、延命のみの治療を中止することを決め、人工栄養の投与を中止した。なくなったとき、彼女は八三歳だった。

延命治療より自然な死を迎えるほうが人道的だし、彼女もそう望んでいたに違いないと、決断を下した医師は話している。

彼女の死は消極的な安楽死という位置づけになるのだろうが、気になることがある。それは死にゆく当人が安楽死したいと望んでいたかどうかは曖昧なままに、安楽死させることが人道的だというふうに述べる医師の姿勢に現われているものである。安楽死するということと安楽死させられるということとのあいだには決定的な隙間があることは誰もが了解できるだろう。その隙間を埋めるのは自己決定という観点であるということも、これまで繰り返し主張されてきたことである。

だが、もっと重要な問題が抜け落ちているように思えてならない。

医師の言葉は自然な死ということと、安楽死させるということとを一つのこととして語って、何の疑いも自己に課していない。この二つの出来事のあいだには踏み越えられない溝があるはずなのに、それがあっさりと越えられてしまっているのである。

この溝を明らかにしてみよう。人間はいずれ死ぬ、だからいま死んでも同じではないのか。この論理から自然死とそれ以外の死との違いが際立ってくる。それ以外の死には自己決定による安楽死（安楽死すること）を選ぶ場合も含まれる。安楽死を選ぶことはやがて起こるであろうことを、いまなそうということだからだ。

だが、医師の言葉に現われていることは、これとは異なっている。もう少し問題をはっきりさせたい。宮沢賢治に「フランドン農学校の豚」という作品がある。この作品のなかで飼育している豚をなんとか早く殺したいと思う農学校の校長は、次のように言って豚を説得する。生あるものはいずれ死ぬ。だったら、いま死んでも同じではないか。ましてみんなの（人間の）役に立って死んでゆけるのだ。こんな立派な死に方はないではないかと。

極端にいえば、さきの医師の発言はフランドン農学校の校長の言葉と同じで、やがてではなくいま死ぬことに意味があるのだ、価値があるのだという論理に回収されてしまうのではないか。

断っておくと、私はここで延命措置を中止したことを問題にしているのではない。中止したことの弁明の言葉に現われている姿勢を問題にしているのである。

自然死という考え方の基本にはなにがあるのだろうか。私見では、こうなる。人間はこれまで誕生と死に本人が積極的にかかわることができなかった。まして二つは他人にとってどうすることのできる問題ではなかった。だから誕生も死も自然であるというふうにいえた。生まれるということはどういうことか、という問題は社会的レベルで浮上することはなかった。死ぬことについても同様で、早く死ぬのも遅く死ぬのもその人の寿命、つまり自然という人為のおよばぬ大きな力が決めることであった。

だが医療技術の高度化と生への積極的な介入は、自然死という概念を無化してしまった。

人工栄養を含む延命装置が発明されたことにより、寿命が尽きるというかたちでの死の受け入れが誰にも等しくできなくなってしまったのである。

生命の中心的機関はかつては心臓であった。心臓の停止をもって死とする考え方が一般的であった。というより、それ以外の死についての考え方を私たちは知らなかったのである。だがここにも変化の波が押し寄せてきた。長寿社会に突入した先進国では、生命の質が問われはじめたのである。ただ生きていればいいのではなく、人間にそれ以上の意味が要求されはじめたのである。このことと生命の中心的機関が脳に移ったこととは決して無関係ではない。

私たちの社会はもう生き延びるということが主なテーマになりにくい段階に突入している。より長く生きるということの意味が根底から問い直されている。より長く生きるということはいいことである。それは疑いないことだ。けれど至上の価値かというふうに問われれば、返答に口ごもらざるをえないのではないか。現代の死にゆくものの孤独をここに感じるのである。

七色の光のクラゲ

エイズに逝った女性精神科医の手記という副題に魅せられて、佐伯宣子／エンリコ・モンテレオーネ著『魂の旅』（高岡よし子訳、中央公論社）を手にした。日記は、アメリカへの永住権申請の手続きのために受けた血液検査でエイズを宣告された後の一九九三年五月一二日から書き起こされ、九五年一月三日まで断続的に続く。そして四カ月後の五月一〇日、死が訪れる。三九歳であった。

愛されなかった子どもは、どうせ誰も愛してくれない、どうせ私は不幸というふうに自分自身をみなすようになる。親やおとなに愛の欠如や不在を強いられたという意味で典型的な「虐待を受けた子ども」であった日記の筆者が、エイズ発症を機に愛に気づいていく。そして同時に、愛の気づきへの過程が死の受容へむけての過程でもあった。彼女の魂の旅はエイズの宣告とともに、このようにはじまったのである。

エイズ検査の結果が出る前の晩、彼女はかつてのボーイフレンドFと夕刻、港を散歩している夢を見る。

空は神秘的な黄金色でとてもこの世の美しさとは思えない。Fに対してもまた、どこかこの世の人とは思えない感じがする。こうした夢をみたことで彼女は、エイズはFから感染したのではないか、そしてFはもう死んでいるのかも知れないと思う。

むろん彼女はFがエイズであったことや、Fがエイズで死んだことを確認しているわけではない。にもかかわらず私には、Fからエイズに感染したのではないかという彼女の直感は当たっているような気がするのだ。女性の身体ないし無意識は、受胎したときの相手との感覚を覚えている。もし秘かに流布されているこの通説にしたがうなら、エイズウィルスの感染は精子の受胎と同様かそれ以上の衝撃を身体ないし無意識に対し与えたというふうに推測しうるからである。

エイズウィルスに感染した結果、どんな体験が彼女を待ち受けていたか。次のような記述はざらには転がっていない。

催眠療法を受けたおりに意識下から、七色の透明な光を放つ巨大で美しいクラゲが現われたのである。夢ではない。この状態は彼女によると、催眠療法を受けているときのような平常時とは違う変性意識下において、自我防衛がゆるめられているその隙に、個人的無意識と集合的無意識（個人の枠を超えた社会、人類あるいは宇宙レベルの領域や情報。魂の深層を表わす全人類共通の無意識）がどこかでつながりをもち、つながりをもった地点から集合的無意識の内容がクラゲの形をとって個人の心に立ち現われてきたものだということになる。

クラゲの美しさと叡知はとても深く、永遠のものに思われた。クラゲは彼女に語りかける。

「あらゆる外部の意見に耳を貸す必要がない、ただ私に従いなさい。私は深い、深い、無意識の底からおまえに話しかけているのです。何者もおまえが私の声を聞くのを妨げることは出来ない。なぜなら私は絶対的な知恵だからだ」

だがこのように語りかけるクラゲを彼女は死の使者とみなし恐れる。恐れながらクラゲと対話する。なぜおまえは私を呼ぶの、おまえは死の使いなの、私はおまえがとても恐い。するとクラゲは答える。おまえが恐怖のとりこになっているから、私が死の使いと化すのだ。もし、おまえが恐怖を克服して私をしっかり見るなら、私が死を超越して存在する知恵のような存在であることがわかってくるだろう。

真実は常に死の背後に隠れている。もしこの真実と叡知を知りたいのなら、どこかで死と直面しなくてはならないと。

クラゲの言葉は彼女が生へと強く執着していることを知っているものの言葉だ。事実、彼女は死をひどく恐怖していた。

彼女は再度問いかける。死の背後にある真実とは何か。クラゲは答える。それは魂の永遠性と宇宙との絶対的なつながりである。魂はおまえの肉体の死など悲しんだりしない。なぜなら魂の目的はいくつもの肉体をこの世で生きながら(輪廻転生)、神の招きにむかって発達していくことなのだから。ただ自我だけが苦しみ、生に執着するのだと。

肉体は現象であって真実ではない。肉体は常に今生と結びつき、自我の意識をつくりあげる。自我はおのれの基盤である肉体と今生を絶対視し、執着してやまない。だが魂の目的は異なる。神の招きにむかって進化すること、すなわち永続する魂の旅こそが本質的なのであって、今生はその旅のほんの一齣にすぎないのである。

七色の透明な光を放ち、漂うものであるクラゲの姿は一定の場所や思考に執着しない存在であることを伝えている。ユングのいう元型であることは間違いない。言い換えれば、進化の潜在的可能性を暗示している。クラゲが彼女に送ろうとしたメッセージが見えてくる。

「死は終わりではない。だから死を恐れるな」

河童の川流れ

一九九六年の夏、正確に書くと八月三日の昼過ぎ、テレビのテロップで衝撃的なニュースが流れた。思想家の吉本隆明氏が伊豆の海で遊泳中に溺れ、意識不明の重体に陥ったというのである。

その直後に那覇の友人から電話が入った。正確な情報を把めないまま、二人で「どうしよう、困った」をかわるがわる連発するだけであった。吉本さんは水泳の上手な人だということは聞いていた。それゆえ、まさか、何かの間違いだろうと思う一方、いきなり冷たい水に触れて心臓発作でも起こしたのだろうかという不吉な想念も頭の隅をチラついたのであった。

間もなく新聞社、通信社の知り合いや友人、何年間も連絡を取り合ったことのなかった知人らから、いったいどうなっているのかという問い合わせがどっと殺到した。そのうちのいくつかは、もし万が一のことがあったら追悼記を書くようにという依頼でもあった。

そんな機会がこんなかたちで来ることがないように祈りながら、現地にいるはずの友人からの連絡を待った。

その間、岸壁から飛び込んで頭を強打したらしいという情報がもたらされた。ありうるかなと思った。だが冷静になってみるとあやしい。もう何年も毎夏滞在している海だ、どこがどのくらい深いとか危険かということくらい知っているはずである。それでも消息を知りたくて電話してきた知人にこういう情報が伝わってきているのだけれどと話したら、自殺じゃないかという言葉が返ってきた。自殺はないと即座に思った。吉本さんは相変わらず活発に噴火し続けている大火山である。煙だけがほそぼそと立ちのぼっているような晩年のそれではないのである。そんな人はたとえ当人が死にたいと願っても、死なせてくれないものなのだ。

そして、待ちかねていた、生命に別条はないという確かな情報が相次いでもたらされた。生命に別条がないということがわかって、胸が安堵の吐息を漏らした。そうなると人間というのは妙なもので、すぐに好奇心が動き出したのだ。臨死体験はなかったのだろうかというものである。このことは誰もが気になったことらしく、直接間接に回復後の吉本さんに問いかけたようである。

吉本さんご本人が書いた「溺体始末記」（『吉本隆明×吉本ばなな』所収、ロッキング・オン）

を読むと、海に入った第一日目の日に体力がガタ落ちしていることを思い知らされ、少しずつ泳ぐ距離を伸ばしていこうとしていた。慎重であったことがわかる。一日目一〇メートル、二日目二〇メートルと伸ばしていった。そして三日目、砂浜に平行に五、六〇メートル泳いだころ、水温が変わったせいか、それとも自分の体力が弱っていたせいか、急に身体が冷たく感じられて、疲れも増してきた。これは危ないと思い砂浜のほうに向かったが、あと一〇メートルくらいのところで疲労がひどくなり意識を失った。

水を飲んで苦しかったという思いもなければ、いわゆる臨死体験というのもなかったと記されている。再開された執筆活動を見るかぎり、事故の前後で現実や対象への向かい方や文体、認識力その他に変わりはない、境地の変化も認められない。むしろ疲労がとれて力がみなぎってきたかなとさえ思わせるほどである。つまり、事故体験は吉本さんに休養の機会を与えただけであったらしいとさえ思えるのである。

「溺体始末記」において吉本隆明氏は、漱石が修善寺の吐血大患の後、肉親、近親、友人、知人、弟子たちの善意と親切に触れて、世間は自分が考えているほど険しく敵対的なところでもないのかも知れないと述懐したことを引き合いに出して、以下のように述べている。

自分もまたこの度の経験でさまざまなかたちの善意と親切を眼の前に積まれてみると、漱石のように述懐したい思いが実感される。けれど漱石のようにとても言いたくないような気がする。なぜならそう言ってしまっては、「身体をかたくし、わきをかためて言いたいことをいい、許しがたいことはできるかぎり率直に批判してきたじぶんの姿がかわいそうにおもえるからだ」と。

ここにかろうじて事故が見えている。と同時にこの文章には、かわいくないなあ、という思いと、他方で突っ張っている人っていいなあ、私もまた死ぬまでこのくらいの憎まれ口を叩き続けたいものだと心から思わせるところがある。

それでも家族の前で、吉本さんは死人のように蒼ざめた顔色で、瞳孔は開き、とても生還できるとは思えない状態であったという。

そうした状態から脱して筆談ができるようになった吉本さんが、紙に鉛筆で「どうなった」と書くと、吉本夫人は吉本さんに覆い被さって耳元で本人が知りたいであろう情報をすばやく伝えたあと、こう叫んだという。

「わかった？　お父ちゃんは溺れたの！　河童の川流れ！」

音楽の発見

「この世で最後に聴く音楽」という言葉に魅かれた。死に際して聞きたい音楽という発想が自分にまるでなかったので軽いショックを受けた。

この世で最後に聴く音楽という言葉に出会ったのは、そのものずばりのタイトル「この世で最後に聴く音楽」というエッセイにおいてである（『春秋』一九九七年一月号、二月号）。書き手は広島大学助教授の若尾裕氏。そんな音楽があるのだろうかというふうに問う以前に、言い換えれば私のなかの分析的思考が動き出すまえに、死ぬ間際に音楽が聴けるなんてうれしいことだという思いが沸きあがっていたのだった。それはきっと、なんだかとても懐かしい音楽であるに違いないと思った。

若尾さんによると、ミュージック・タナトロジーという概念を提起しているテレーズ・シュレーダー・シェカーは、その概念をつくるきっかけになった出来事について次のように書いているという。

彼女は臨終における死の恐怖と嘆きでパニックに陥っている老人ホームの男性患者をまえにしたとき、とっさにベッドに上がり彼を抱きかかえやさしく揺らしながら、小さな声で歌い出した。何曲も何曲もずっと歌い続けた。そのうち彼は安らぎはじめ、呼吸が規則性を取り戻してきた。そして彼女の腕のなかで静かに息を引き取った。

すでに古典的となったエリザベス・キューブラー＝ロスの考え方を借りると、この患者は何らかの理由によって死が受容できずにいたのだろう（『死ぬ瞬間』）。キューブラー＝ロスは末期疾患の人がやがて自分が死に行くことを受容するためには、否認、怒り（憤り、羨望、恨み）、取引（生き延びさせて貰えるなら何でもする）、抑鬱、受容の五つの段階を通ると書いている。また、そのためには患者のそばに黙って坐っていてくれる人から、その人の前で自分の怒りを表現し、悲嘆にくれ、恐怖を表白するように励まされてきた患者がもっともよく死の受容へと到達すると述べている。

この知識を踏まえると、テレーズ・シュレーダー・シェカーの行なったことは、漸進的デカセクシス――この場合、怒りから抑鬱までの生への執着から自分を引き離す過程――を歌で、わずかな時間のうちに行なったことを意味する。

若尾さんは、繰り返し同じ歌を歌いかけるとモルヒネをはるかに上回る鎮静効果がある、患者に深く安らかな眠りをもたらすと記している。だとすると、テレーズ・シュレーダー・シェカーの歌はモルヒネ以上の麻薬効果とデカセクシスの作用とを同時に発揮したことになるだろう。

彼女の歌った歌はどんな歌で、彼女の声はどんな声だったのだろうか。若尾さんの言葉を用いれば現世に結びつけている絆をほどき、魂が自由に漂っていける状態にする作用と、心を鎮め、硬直した筋肉を弛緩させるような効果とをもたらす旋律と声とは、どのようなものだったのだろうか。死に行く患者を抱きかかえて彼女が歌ったのは「天使のミサ」「アドロ・テ・ディヴォーテ」「ウビ・カリタス」「サルベ・レジーナ」「祝福された処女マリアのミサ」といった歌だったという。残念ながら私はこれらの歌を知らないばかりか、曲名もはじめて知ったほどに宗教音楽に無知である。ただ、さまざまな単旋聖歌が基本となっているという説明には納得がゆく。

では彼女の声はどんな声であったろうか。若尾さんの文章からはわからない。そこで、私自身の希望を記してみる。まず女性の声でなければならない。それから若い女性でないほうがいい。年をとりすぎているのも違和感がある。そのうえで強くもなく弱くもなく、落ち着いて静かで柔らかな中音、安心と安全と懐かしさが全身に滲みわたり、自然に力が抜けてゆくような声がいい。旋律についても同様な希望を抱く。つまり音の強弱や高低に振幅の小さい、意味性の少ない、たんたんとした反復性の旋律ということになろうか。

そして何より声の姿勢、死に行く私に向かい合うときの声の姿勢が大切である。再度キューブラー＝ロスを持ち出すと、悪性腫瘍（ガン）の宣告にあたって患者にとって重要なことは、医師に感情移入されているという情緒が大切だという。「いかにしてわたし（医師）が患者とこの知識を分けもつべきか」ということが肝心なのだと語っている。

だとすれば、ここからテレーズ・シュレーダー・シェカーの声の姿勢がどうであったかが推測できる。一人死に行くことの理不尽さと恐怖とたたかっている患者の苦しみをともに分かち合おうとしてくれる姿勢が、彼女の声の姿勢であるというふうに。抱きかかえてくれて、静かに揺すってくれて、小さな声で歌ってくれて……若尾さんは子守歌のようなものが使われることもあると書いている。だとすれば、声の姿勢は赤ちゃんに対して母親が自然にとる姿勢に似ているに違いない。ミュージック・タナトロジーは誕生における母と赤児との関係を終末における死の受容へと応用したのだろうか。

それにしても、臨終の場における音楽の発見は、私たちが戻る場所が意外にも完全な未知の場所ではないということを告げているように思えてならない。

無私

芹沢光治良文学館『短編集　死者との対話』（新潮社）を拾い読みしていて、「愛の幻想」「紅葉」「老いらく」の三つの連作短編に出会った。必ず夫と離婚して戻ってくるからと言いおいて去った相思相愛の美貌の人妻れい子を、敗戦直後の人影まばらな軽井沢の山荘にとどまって待ち続ける老歌人の身辺に起きる小さな異変を描いた佳作である。

なかでは「愛の幻想」がすぐれていると思った。ある日、麓の宿からのぼってきた学生に、先生のところに三〇ぐらいの目の美しい、低い声が魅力的な女の人が訪ねてこなかったかと聞かれる。れい子である。れい子は貸自転車屋に寄り、迷ったあげくに自転車は借りずに歩いて老歌人の山荘へ向かう道をのぼっていった姿を目撃された後、消息を絶ってしまう。老歌人はあちこちとれい子の行きそうなところを探しまわるのだけれど、どこにもおらず、それどころか彼女がこの地にきたという足跡さえ見いだせないで終わる。

学生や貸自転車屋が会ったという女は、ほんとうにれい子だったのだろうか。古典世界の女のように、れい子の老歌人への愛執が極まって、彼女を離れた彼女の魂が歌人の近くまできて、しばし実在の形態をとったものであろうか。それとも学生の話を含めて老歌人のれい子への愛執が生み出した幻想であったのか、作者は答えを出していない。そういう不思議な作品である。

だがここで取り上げてみたいのは「紅葉」のほうである。秋の一日、老歌人の庭の紅葉を見せてもらいたいと言って若いカップルが訪ねてくる。そのうちの女のほうが今度は山荘の主人を歌人の立原と知ってぜひ一目会いたいと言ってきた。化粧をしておらず、蒼白で、顔中が目のような美しい娘であった。老歌人はその目かられい子を連想する。

カップルは老歌人の庭で服毒自中を図る。だがそこから事態は奇妙なふうに進展していく。毒を飲んだはずなのに男の様子は変わらない。女もぐったりとはしているけれど、生命に別条はなさそうなのだ。結局ふたりは何事もなく、それればかりか老歌人たちの心配をよそに、その日のうちに宿を引き払い東京に帰ってしまったのである。そして、そんな騒ぎがあったことを忘れかけた頃、老歌人のもとに心中しそこなったいきさつと詫びの言葉を記した女からの手紙が届いた。およそ以下のような内容であった。

山を下りて相手の男とは別れた。男は妻子と離別するといっていたのに、ある日突然、情死をせまった。私は死にたくなかった。死が怖いのではなく、愛すれば愛するほど男と生きたいと希った。男と生きることで、男も私もしあわせにし、男の妻も幸福にできる道があると信じたからだ。しかし、男はなにかといえば情死をせまった。男の立場がどんなに苦しいか、男の悩みがどんなに大きいか、しだいに私にもわかってきて、そんなに望むなら生きることの難しい現世を否定して、男とねはんへでも地獄へでも行こうと決意した。ただし、先生の詠んだ歌から秋の高原の美しさにあこがれていたので、死ぬのなら秋の高原で紅葉を見て、と思った。ところが心中するといっていながら、男が調達してきたのは青酸カリではなく、メリケン粉であった。おかげで私は恥をかいた。なのに男はおまえの心がよくわかってうれしいなどと言ったのである。私の真情を試したのである。男は私の真情がわかったからと以後もつきまとってきたけれど、死臭がするようで我慢ができなくなり、会わなくなった。

服毒したときの気持ちを女は次のように書き綴っている。

私はあらゆる邪念をなくして、死の瞬間まで男とたわむれているつもりでした。一生涯の幸福を僅かな時間で吸いつくしたいと思いました。ほんとうにしあわせでした。思いがけなく先生のお顔も拝し、予めお詫びもして、先生の美しいお庭での黄葉にうたれながら、何を思うことなく毒を仰ぎました。心は穏やかでした。死は瞬間にして来るはずでした。私は大きなものに委せていました。期待に全身がふるえていました。あの人によりかかり、あの人も私によりそい、……苦しみもなく、死を待つことの長かったこと。全く無我夢中でした。しかし、死はなかなか来なくて、そのうちに先生が立っておりました。

埴谷雄高の長編『死霊』（講談社）は独特な恋愛小説であるが、そこにこんなひとくさりがある。あらゆる心中において男は自殺であり、女は格別死ぬ理由などないのに愛する男が死ぬという唯一の深い悲しみに耐えかねて、自分自身の唯一の真実を愛する男の死のなかへ無理やり投げ込むのだと。

まったくと言っていいほど作品傾向の異なるふたりの作家が、ほとんど同じ認識を登場人物に語らせていたことがわかる。

男は愛する女を自殺に巻き込み、女は愛する男の自殺に自分を投げ込む。自分に死ぬ理由がなくても女は、愛する男にいっしょに死んでくれと頼まれれば、自分を大きなものに委せることができる。愛につかまえられたときのこの無私に、本能的に死臭をきらい、生を望む女の内なる母性のはたらきを感じるのである。

深い眠り

七年前のこと、茨城の牛久から千葉の我孫子へと一四年振りに引っ越しをした。所帯を持つときと持ってからとを合わせると四度目である。四度という回数が多いのか少ないのかわからないが、五五歳を目前にしてこれでもうおしまいかなという感想をもったことを覚えている。

おしまいかなという思いとともに、この新しい住処が死に場所かといったしみじみとした感慨が湧いてきたということではない。そうした思いとまるで無縁とは言い切れないのだろうけれど、実際の感覚はもっとフィジカルなものであった。移住したいという気持ちは今後も頭をもたげることがあるかも知れない。けれど、体力が「うん」と言わないだろう。

振り返って考えると、五〇代の半ばというのは気力と体力がかろうじて一致する最後の年齢であったように思う。若さということが気力と体力との離反の危機におびやかされずにすむということだとすれば、私は自分のなかに残っている最後の若さを経験していた、そんなふうに思えてくる。山のように積まれた段ボール箱に溜息をつきながら、これからはなにもかもが面倒臭くなるのだろうな、などと考えていたのだから。

でも、と思い直す。身体が求める「楽したい、楽したい」という方向に忠実になっていくことは、きっと死に誘われているのである。楽したいことの究極は、自然な状態で身体を動かさなくていいこと、すなわち眠りである。ときどき、しきりに眠りを欲するときがあるが、それは生が疲労感の回復を訴えているのか、身体が深層からの死の囁きに魅惑されているのか、いまのところまだ区別できない。

漱石は『それから』のなかで、もっとも激しているとき（発作の絶頂）が死にもっとも近いという考えと、夢見がちな心性もまた死に近いという考えを主人公代助に述べさせている。面白いと思う。私はといえば、激することも少なくなり、夢見がちな資質も、現実主義的な自我に席を譲りつつある。ときどき、つまらない人間になっているのだろう自分を哀れむこともある。

一度だけ昏睡に近い深い眠りのなかにいたことがある。それは外界が遮断され（車の外は激しい雷雨）、同時に内界も無であった。つまり、外も内もなく完全な無のなかにいたのである。眠っているという感覚もなければ、もちろん起きているという感覚もなかった。

夢とも無縁であった。三年前の夏、深夜に甲府から車での帰途のことだ。途中同乗していた連れ合いと運転をかわってもらったのだが、降りはじめていた雨は激しくなり、中央自動車道八王子あたりをすぎたころには雷がともなっていた。やがて車は速度をほとんど歩行のそれ近くに落とさなくてはならなくなった。あまりの雨足に前方の視界がとれなくなったのである。それだけでなく車を直撃するのではと恐怖にかられるくらいの猛烈な雷鳴……。

ところが、私は助手席でそのような事態になっているのをまったく知らずにいたのである。連れ合いが恐怖におののいている隣りで「死んだように」眠っていたのである。ことわっておけば、私は目ざといほうである。ちょっとした物音や異変にすぐ目が覚める。目覚めるやいなや、すぐに意識も覚醒し、働き出す。同時に身体も動く。目を覚まして、しばらくぼんやりしているなどということはないのである。

こうした体験をしてから、死について未知の場所への移行という考え方だけではなく、外界と内界の遮断による無の招来という考え方もあるのではないかというふうに思うようになった。死後をさまざまに映像化してとらえることもおもしろい。そして、それが現世を生きていることのつらさの慰めにもなる。

しかし、無も悪くはない。なぜならこの無は真っ暗ではないからだ。私のような閉所恐怖症で、高所恐怖症で、暗所恐怖症のものが悪くはないというのだから、息苦しさを覚えない、過呼吸にならずにすむ状態なのだろうくらいに推測してもらうしかない。

無は想像できない。そう断言することはややはばかられるので、想像しにくいといおう。

ここまで書いてきて思い出したことがある。二〇年も前の祖母が死ぬ直前のころのこと、彼女にとって生きていることがつらそうに傍目にみえたことだ。身体だけでなく、意識も「もういい」と言っているようであった。この「もういい」は、いまなら無のほうがいいという感覚として理解できるであろうが、当時は、ただただそのデカセクシス（エネルギーの生からの分離）の姿に手をこまねくだけだったのである。

自立

選りに選っていまの住まいに越してきたちょうどその日、神戸の須磨でやりきれない殺人事件が発覚したことが伝えられた。引っ越しの疲れですべてに注意力が散漫になっている。その一方で、事件に引きずられて異様なほど気持ちがたかぶっている。えてして、こういうときに足下で何か妙なことが起きるものだ。気をつけなければ。

そんなふうに、ぼんやりと思っていた翌五月二八日、やはり油断していたのだろうか、我が家の四人目の子ども、椋鳥のムクちゃんが家を出ていってしまった。風呂場にちょっとした不調があり、工事の人が三人入っていたのだが、浴槽の上の少しあいていた小窓から飛び出したのだった。

ムクが我が家にやってきたのは一昨年の五月中旬のことだ。近所の家の人が自宅の屋根裏の巣を払ったついでに、そこにいた雛六羽を猫に処分させようとしているところに、散歩帰りの私たちが通りかかり、成り行き上、貰い受けてきたのだった。結局五羽は一〇日足らずのうちに次々に死んでしまった。残った一羽をムクちゃんと名付けた。放し飼いにしたため居間は糞だらけになったが、我が家に笑いと小さな生き物を庇護することの喜びをもたらしたのだった。

新居をムクははたして気に入るだろうか、引っ越しにあたって心配したのはそのことだった。だがそれは杞憂に終わった。新しい家は木をふんだんに使ってある。天井は高い。ムクはとりわけ三階のロフトが気に入ったようだった。ムクが去ってからあらためてロフトに上がってみると、一飛びの距離に手賀沼が光ってみえた。あちこちに濃密な雑木林があり、そこで木々はそよぎ、網戸を通して入ってくる風の匂いは強烈だった。ムクはこうした自然に呼ばれたのだと思った。自分が鳥だったら、やはり家を出たいと思ったに違いないと私たちは話し合った。

そうはいっても家中ショックで、二、三日みな思い出しては泣いていた。振り返ってみると、ムクはさりげないかたちで私たちに別れを告げていたのかも知れない、そう考えざるをえないようなことがいくつかあった。

引っ越し数日前から呼びかけにあまり答えなくなっていたこと。臆病で自宅の自分の知らない部屋に行くのさえ震えるほどなのに、新居で最初からすっかりくつろいでいたこと。こちらにきて糞の量が突然激減したこと。未知の人がくると狂ったように調べまくるのに、引っ越しを手伝いにきてくれた若い友人には初対面にもかかわらず、まるで慣れた我が家の一員に接するように静かに手にのってケーキをいっしょに食べていたこと……。

ムクが逃げたとき、すぐに外を必死で探した。そして電線の上にとまっているムクを見つけ、家族五人みんなでかわるがわる呼びかけた。しかし、降りてこない。それでも呼び続けた。小一時間、ムクは立ち去ろうとしなかったが、やがて夕闇が迫ってくると、別れを決意したのか、大きく飛び上がるともう追うにも追えない遠くにと力強い飛翔で去ってしまったのだった。

ムクは私たちを捨てた。人間の家族を卒業したのである。ムクの家出はムクのなかで確実に何かが死んだことを告げている。ムクは鳥になった、ムクという名を捨て椋鳥になったのである。実は不思議なことが起こったのだ。私たちが必死にムクに呼びかけていると き、どこからかムクの周囲に数羽の椋鳥がやってきて、この状況を見守りはじめたのである。私たちには、それがあたかもムクの我が家からの自立を支えようとしているように映ったのである。目の前で繰り広げられたこの光景は、私たちを捨てるというムクの行為を私たちが感謝とともに承認する決定的な出来事になった。ムクは仲間と生きられるし、生きたいのだ、私たちとの別れのときがきたのだ。

後に残された私たちは、しばらくはこの喪失に耐えなくてはならない。そしてかすかに思った、もし私たちがさきの光景を目撃しなかったなら、後を追いたい気持ちをひそかにあたため続けたに違いない。そして思い当たることになっただろう、この気持ちが〈自殺〉するもののほんとうの気持ちなのだということに。

たまたま柳美里の『水辺のゆりかご』（角川文庫）という自伝的作品を読んでいたら、次のような記述が目に飛び込んできた。

卒業式の前夜、母は二度目の家出をした。今度は私たちを連れて行かなかった。家を卒業するつもりなのか——、私は笑った。狂ったように笑いつづけている私を弟と妹は遠巻きにみていた。

「自殺ごっこしようか」

私の目が底光りしていたのだろうか。三人は後退りして部屋を出た。何も卒業式の前日に家出することはないのに。彼女は妻と母をやめ、女になったのだ。母のなかで確実に何かが死んでしまったように思えて私は身震いした。そしてこの日、私のなかで少女が死んだ気がする。喪失はある日突然に訪れる。ひとは何度でも死ぬけれど、だからといって何度も生き返るとは限らない。私は生きながら〈自殺〉したという感覚をこの日持ったのだ。

「きゃうだい」

親兄弟など、身近な人に死なれると、その人と関係が必ずしもよくなかった場合でさえも、罪悪感に責め苛まれるものだ。ことによったら、関係がよくなかったときのほうが罪悪感は複雑で大きいものがあるのかも知れないと思うことがある。

この場合の罪悪感というのは、その人にかわいそうなことをしたという認識であり、それが取り返し不可能な状態になったときに生じる激しい後悔の感情である、そうとりあえず言ってみる。このような自分に向けられた思いは、鋭くなると自分との関係のあり方が彼ないし彼女の死に小さくない影響を与えたのではないかという感じ方になり、もっとつきつめられると、彼ないし彼女が死んだのは自分のせいだ、自分が死なしてしまったというふうに思い込むにまでいたる。

私もまた罪悪感にとらえられた経験がある。祖母が亡くなった後、あんなに無償の愛を注いでくれた人にどうしてもっとやさしく、大事にすることで応えなかったのか、冷たく残酷な仕打ちをしたことの記憶だけが次々と追いすがってきた。罪悪感の襲撃はほんのしばらく頭を抱えていれば通り過ぎてしまう程度のもので、〈うつ〉的になるほどに強く落ち込まされたわけではなかった。けれどいまでも、祖母へしてしまったこと、やり残したことの思いがフラッシュバックされてくることがある。そんな際にはわぁーと声を上げられたらいいのにという気持ちに駆られる。祖母の死はもう二〇年も前の出来事なのであるのに、だ。これほど長期にわたっているということは、罪悪感から完全に脱することは不可能ではないかと思えてくる。

アメリカの科学ジャーナリスト、アン・K・フィンクベイナーの書いた『子供を亡くしたあとで』(高橋佳奈子訳、朝日新聞社)は、子どもの死を乗り超えることなど不可能であると語っている。自分もまた我が子に先立たれた親の一人であることから、子どもを亡くして五年以上たつ親三〇人に丹念な聞き取りを行なった。その結果、子どもに先立たれた親は一様に罪悪感にさいなまれているという結論に達している。著者によると罪悪感に責められるのは、親が子どもの死に何らかの原因を見つけ、理由をつけたいと思うからだ。世間もまた、あの子が死んだのはきっと何か問題があったからに違いないと考える。だが子どもの死は理由なく起こる。そのことに気がつくまでのあいだ、親は聖書のヨブのように、理由のわからない罪悪感に苦しまねばならないというのだ。

宮沢賢治に「手紙四」と呼ばれている作品がある。ここには妹に生前してしまった意地悪の記憶が、彼女の死後、激しい罪悪感に変わり、その罪悪感に責められる兄が描かれている。私なりの要約をしてみる。

ポーセはチュンセの小さな妹だった。その妹にいつもチュンセは意地悪ばかりしていた。だがポーセはにわかに病気になって死んでしまったのだ。罪悪感にさいなまれたチュンセは、ポーセの死が信じられず、気がつけばポーセを探していた。そうしたチュンセにある人はこう言ったのである。ポーセを探すことはむだだ。なぜならあらゆる生き物はみんな昔からのおたがいの「きゃうだい」なのだから。チュンセがもしポーセをほんとうにかわいそうと思うのなら、大きな勇気を出してすべての生き物のほんとうの幸福を探さなければいけない。

なるほど、そういうことだったのかと腑に落ちることは、罪悪感に責められるということは、死んだ人を死んだと認められず探し求めていることだと宮沢賢治が言っているところである。

今度はこうしてあげたい、こんなふうに向かい合おう……。つまり、後悔をゼロにしたいのである。だがそれは詮無いことだ。だからそんなことをせずに宮沢賢治は罪悪感をすべての生き物のほんとうの幸福を探す勇気に転じるべきだと述べる。なぜなら、ポーセはポーセであると同時に、他のすべての生き物であるからだというのだ。

繰り返せば、これは納得できる。もし「きゃうだい」という言葉をポーセがたった一人のかけがえのない存在というだけではなく、同時に他のすべての生き物であるというように心底了解できるのならばである。すべての生き物の幸せを実現できなくても、たった一人、たった一つの生命を幸福にできるなら、ポーセに対する罪悪感はその分だけ消えるだろう。

死をめぐって人の心に生じる罪悪感にはエロスの問題がある。執着のみなもとに家族のエロスの問題がある。他のどんな関係とも異なる濃密な愛憎関係を背景におくことによって、強い執着と取り返し不能の現実に対応して、罪悪感が湧き上がってくる。

もう一つ、罪悪感の発生には、ことによったらナルシシズムがかかわっているかも知れない。ナルシシズムが自己を充足させようとして、死んだ人を探し求めるのではないか。

宮沢賢治は、罪悪感の根源に家族のエロスと、さらにはナルシシズムが動いているのを察知した。だから、すべての生き物がポーセだと述べ、ポーセへのエロス的およびナルシシズム的固着を引きはがそうとしたのである。いまはそう理解してみたい気がする。

剖検

夏目漱石夫人鏡子さんの口述した『漱石の思い出』（文春文庫）のなかに漱石の遺体を解剖した長与又郎博士の「夏目漱石氏剖検」という講演が収められている。漱石が亡くなったのは大正五年十二月九日の午後六時ちょっと前のこと。解剖は翌日に行なわれ、長与博士の講演はそれからわずか一週間後の一六日であった。

解剖にあたって長与博士は二つのテーマを自分に課した。脳および長年漱石を悩ませ、かつ死の原因にもなった消化器系統を調べることである。脳は日本人の平均が一三五〇グラム、漱石のそれは一四二五グラムで、平均よりやや重い。この平均より重い脳が漱石の天才の一端を語るものではないかと長与博士は述べている。けれどもまた同時に、脳の重さと能力の高さとは対応性があるというふうには検証されているわけではないと付け加えることも忘れていない。

解剖は漱石の病歴を明らかにした。漱石は二つの重大な疾病をもっていた。一つは軽い糖尿病であり、これは明治三八、九年頃にすでに明らかにされている。糖尿病の病状はしかし死の年の大正五年に入って、急速に進行する。具体的には神経衰弱の症状を強め、仕事の意欲を著しく減じさせている。身体への影響としては右の上膊（二の腕）に神経痛と不全麻痺を生じさせている。しかし、これらの症状は食事療法によって払拭ないし軽減されたという。他には膵臓と腎臓に糖尿病特有の変化が現われていた。膵臓は非常に固く細くなっており、重さも六〇グラムと平均と比べ一〇から一五グラム軽かった。長与博士はさらに糖尿病のもたらすものとして追跡狂（妄想）をあげている。鏡子夫人の『思い出』に漱石に絶えず人に監視されているといった妄想を抱いていた時期があったと述べている箇所があるけれど、糖尿病との因果関係を確かめることは不可能である。

もう一つは胃潰瘍である。胃の悪化状況に三つの時期があったことが指摘されている。第一の時期は明治三七、八年頃で、この時期は胃酸過多症であった。次が明治四三年で、症状は胃酸過多症と胃潰瘍のそれであった。漱石は疼痛や膨満感を訴え、胃腸病院に入院し、退院後に養生のために修善寺に滞在した。そこで吐血を繰り返し、八月二四日の五〇〇グラムの大吐血によって、人事不省に陥っている。だがこのときは生還した。三度目は大正五年であり、結局この三度目の悪化が命取りとなったのである。発端は十一月一六日に糠漬けの鶫を食べたことにはじまったらしいと書かれている。

二一日にある人の結婚披露の席で洋食を試みたのもおもしろくない結果を生んだ。翌二二日に嘔吐があった。血は混じってはいなかった。二三日は二回の嘔吐を見た。その二回目にわずかだけれど血液が確認された。胃の痛みと吐き気でものが食べられない状態になった。二四日から二七日にかけて軽快してきた。二八日の昼間には液体の食物を採れるほどになった。ところがその夜、急に床の上に起き上がると同時に「アア」と一声叫んで人事不省に陥ってしまった。このとき吐血、下血はなく、血便のみであった。修善寺における潰瘍出血のときは吐血している。

こうした状況から、胃潰瘍ではなく、十二指腸潰瘍ではないかという疑いが出た。だから医師たちはその疑いに沿った治療をした。けれど解剖は胃潰瘍底の血管から二回の大出血があったことを明らかにした。十二月二日、漱石は排便のとき腹圧（いきむこと）を試み、その瞬間に倒れ、意識を失った。以後九日まで一進一退を繰り返しながら、とうとう帰らぬ人となった。

長与博士は、講演を夏目さんは胃を病んでそのために少なからず悩まされ、ついにこれが死病となった、漱石作品は始終この胃に悩んでいたそのあいだにできあがったところの産物であったと結んだ。

そのとおりだと思う。でももう一点、付け加えたい。

漱石の臨終場面を妻は淡々とした口ぶりで語っている。解剖は漱石の意志でもあると思うから、自分一人の肚では決めていたと述べ、死亡後すぐ主治医に、鏡子夫人のほうから申し出ている。鏡子夫人はこうした自分の意向を漱石門下の代表と目されていた松根東洋城に伝え、残酷かと尋ねたのに対し、松根は奥さんがご承知なら、僕達に異存はないと答えている。なお臨終の日の真夜中にデスマスクを取っている。

これからわかるように、漱石の臨終にあたって鏡子夫人は少しも取り乱していない。まるで夫の死が予定のことのような冷静さが伝わってくる。この冷静さが漱石夫妻のあいだに横たわっていた生涯埋め切れなかった距離、あるいは溝であったのだと思う。この距離ないしは溝の漱石にもたらした苦悩が、一方では作品となり、他方で胃潰瘍というかたちをとった。

解剖は人間の生前の闘いの場所を明らかにする。それは漱石にとって主に夫婦関係であり、妻に対する理解しがたさであり、突き詰めてみれば、それは女に対する了解しがたさ、つまり自己の由来の不確かさに帰着するものであったのではないか。漱石は人間関係を胃で受けとめた、そう私には思えるのである。

神さまのやり方がわからない

ダイアナとマザー・テレサ、二人は不思議な、切り離せない縁で結びついているようにみえて仕方がない。一九九六年八月、マザー・テレサは一時心機能停止に陥ったが蘇生し、九七年五月、二カ国の歴訪の旅に出て、六月一八日にニューヨークのブロンクス地区でダイアナに会っている。

ダイアナにとってマザー・テレサは憧れの人であったという。マザーテレサにとってもダイアナは深く気にかかる存在であったにちがいない。マザー・テレサが死の状態から回復したのはダイアナに会うという課題が残されていたからではないだろうか。そう考えたくなる。というのも対面後三カ月もたたないうちに二人は踵を接するかたちで相次いで他界したからである。まず、ダイアナが八月三一日交通事故死し、五日後、マザー・テレサがダイアナの葬儀の前日に亡くなった。

マザー・テレサとダイアナ、二人はその生き方おいて一見きわめて対称的である。だが、そうした対称性は二人の相容れない生き方を告げているというふうに理解するよりも、むしろ両者が表裏一体であることを語っているように思える。

ブロンクス地区で二人が仲良く手をつないで並んで写っている写真がある（『バート』一九九七年十月一三日号）。ダイアナの肩にも届かないくらい小柄のマザー・テレサは頭からくるぶしまで隠した修道女スタイルであるのに対し、ダイアナは膝小僧のかなり上まで露出したミニスカートである。こうした聖と俗の対称性に気をとられていると、二人が手をつないでいるという重大な事実を見逃してしまう。見逃さないまでも、手をつないでいることの意味を読み過ごしてしまいかねない。

二人においては、俗であることと聖であることとは、いつでも背中合わせである。俗が表に出ているときは聖は背景に退く。反対に聖が表立つときは俗は背後に退く。ダイアナとマザー・テレサはこのような意味で背中合わせの一対の存在であったような気がしてならない。それでなくては二人の亡き後の、大きくて豊かな宇宙を喪失してしまったかのような空虚な感覚はどうにも説明がつかない。

いくつか二人の対称的な像を並べてみよう。マザー・テレサは八七歳の生涯を静かな老衰死で閉じたのであり、それは聖なるもののイメージに相応しい最後といえた。他方ダイアナは、まだ三六歳の美の絶頂期を目を覆う衝撃的な自動車事故によって断たれた。度重なるスキャンダルの果てのスキャンダラスな事故死という死にざまはダイアナがこの世界の俗を極端なかたちで引き受けていたことを語っている。

マザー・テレサは一九歳でカトリック修道女となり、二一歳でインドのカルカッタに派遣され、以後一貫して同地で活動した。その生涯は聖者と呼ばれるに相応しく、自己の生の全体を貧者への贈与として差し出すという徹底して利他的なものであった。これに対しダイアナは、プロテスタントであり、八代続く伯爵の家に生まれている。一九歳でイギリス皇太子と婚約し、二〇歳になるのを待って結婚し、二児をもうけた。しかし、夫の不倫を機に夫婦仲が崩れ、自身も精神的な不安定状態に追い込まれたことも手伝って不倫に走り、結局離婚した。あくことなく自己の幸福を追求した結果、その短い生涯は充たされない波乱含みのものとなった。マザー・テレサが贈与なら、ダイアナは自己の生を大衆の消費の対象として差し出したのだった。

マザー・テレサは世界の貧しきもの、とりわけ極貧層のすぐ隣りにいた。ダイアナは反対に世界の富裕層のすぐ隣りにいた。死ぬときも英国の高級百貨店ハロッズの御曹司が隣りにいた。マザー・テレサは世界中の極貧のもたらす不幸を自分の小さなからだに集め、吸い取ろうとしてますます小さくなり、その顔に苦悩の皺を刻んでいった。ダイアナは世界中の人間の卑小な好奇心を一身に集め、それを糧に生来の隔絶した美貌と長身のスタイルにますます磨きをかけていった。ダイアナはその隔絶した美貌と姿態および恵まれた地位とスキャンダルでもって世界で一番注目される存在となった。逆にマザー・テレサは人びとのなかに埋没することで、世界でもっとも注目を浴びる存在の一人となった。

にもかかわらず私には、両者はいつでも入れ替わりが可能なように思えるのだ。マザー・テレサにとってダイアナは、自らが俗をもたないことの欠如感を解消してくれる存在として貴重であったのではないか。

ダイアナを、スーパーモデルとマザー・テレサを合わせ持った人というふうに評した人がいた。名言だと思う。ダイアナは二人の息子たちを夜ひそかに街へ連れ出し、ホームレスの人たちを示し、彼らに語りかけ、我が子たちに世の中にこういう人たちがいることを忘れるべきではないと話した。

ダイアナの死の報知を受けたマザー・テレサは「若すぎる死です。神様のやり方がわからない」と語ったという。それから五日して、マザー・テレサも眠るように後を追ったのであった。

2

スタンド・バイ・ミー

スティーブン・キングの中編「ザ・ボディ」(映画「スタンド・バイ・ミー」の原作)は一二歳の子どもたち四人が死体を見に行く話だ。したがって、タイトルがずばり「ザ・ボディ」つまり死体であったからといって驚くことはない。S・キングは作品の終盤、子どもたちが発見した死体の様相を次のように描き出している。

「レイ・ブラワーは土手の線路のあいだで無残な姿をさらしているのではなく、比較的傷も少なく、土手の下に横たわっていた。これは逃げようとして列車にはねられ、頭から落ちたためであろう。彼は跳びこもうとするダイバーのように、両腕を伸ばし、頭を線路の方に向けて倒れていた。血が流れているが、多量に、ではなく、胸がむかつくこともなかった。たかっている蟻の方が多い。足ははだしで、数フィートうしろの丈の高いブラックベリーの茂みに、汚れたロウ・トップのケッズの靴がひっかかっていた。一瞬、わたしは不思議に思った――なぜ彼はここなのに、彼のテニス・シューズはあそこにあるんだ?

そして納得した。レイ・ブラワーは靴がぬげるほど強くはねとばされたのだ。列車は彼の肉体から生命をはねとばすと同時に、靴をはねとばしたのだ」（スティーブン・キング著『スタンド・バイ・ミー』山田順子訳、新潮文庫）。

主人公の一人でこの物語の語り手である「わたし」は、生者の側のものである靴と死体とが異なる場所にあるということの意味が咄嗟には了解できず、一瞬、不思議に思う。この一瞬の戸惑いは、足と靴とはいつもいっしょにあるものであり、それこそが足であり、生きているということなのだという観念に「わたし」が縛られていたことを告げている。

だがこの一瞬という時間にはもう一つの意味があったのである。実をいうと引用文が含まれる段落全体から筆者が勝手に三箇所ほど省略しているのである。省略した箇所で重要と思われるのは「そして納得した」以下の部分である。そこには次のような文章が置かれているのである。

「ベルトの下に卑怯なパンチをくらったような気分だった。妻や子どもたちや、友人たち――彼らはみんな、わたしのように想像力があるのは、すばらしいことだと思っている。現金を生みだしてくれるのは別として、退屈になったときはいつでも、頭の中にささやかな映画をうつしだすことができるからだ。たいていの場合、彼らの言うことはあたっている。だが、ときどき、想像力のやつがくるりと寝返って、長い歯で嚙みついてくるのだ。

食人者の歯のように先のとがった歯で。むしろ見ない方がいいものを、曙光がさしそめるまで眠らせてないものを、見せられてしまう。あのときわたしは、そういうもののひとつを見た。完璧な確実さと明確さをもって、見た」

意味がすんなり頭に入ってこないので省略したのだが、気になる文章である。朝日が窓からさしてくるまで主人公を眠らせてくれないものとはここでは死のことだ。死のことを考えると眠れない。眠れないのは、死がイメージ化を拒むからである。誤解してはならないのは、死とは死体に現われているものではあっても、死体そのものではないということである。死体ならイメージできる。けれど死はイメージできない、想像力の入り込む余地がない。その意味で想像力を超えている。想像力はやむをえず寝返る。寝返るというかたちでしか人に死を示すことができない、そう作者は言いたげである。

「一瞬、わたしは不思議に思った」というときの一瞬とは、それゆえに想像力が寝返るための時間でもあったのである。見ない方がいいものとは、繰り返すが死体ではない。想像力の寝返りというパラドックスによってのみ触知可能となる死のことである。主人公の「わたし」は死をどこに見たのであろうか。

「それがようやくわたしを得心させた。この子は死んでいる。(中略)地面の上の彼の素足と、茂みにひっかかった彼の汚れたケッズの靴との距離については、正確なことを言いたくない。その距離は三十インチ以上、十の百乗光年だ。彼は自分の靴と離れ、すべての希望をあきらめたかなたにいる。彼は死んだ」

引用の途中を略した箇所でキングは「この子は死んでいるのだ」「死んでしまったのだ」「この子は死んでしまった」と三度も記している。寝返ることで想像力が見せてくれた死はイメージできないゆえに、死んでしまったと何度も書くほかない。

ところで、右の引用の冒頭にある「それが」とは列車がレイ・ブラワーの生命をはねとばし、同時に靴をはねとばしたという事実である。「わたし」が想像力を不思議という地点からさらに飛躍させようとした瞬間、想像力は「この子は死んでいる」という事実をばねに寝返ったのだ。確かに死体の素足と靴とは一見同一平面にあり、そのあいだの距離は現象的にはわずか三十インチにすぎない。だが想像力はその距離を同時に十の百乗光年という無限であることの比喩を用意し、埋めがたいものとしても見せたのである。

死を見てしまった「わたし」に世界はもうフラットではありえず、目視では測定不能な深淵を抱え込んだ奥行きのあるものとして映りはじめる。子どもにとって死体を見ることは成熟への後戻りのきかぬ通過儀礼であったことが知れる。

神に見放された男

野口藤作は一九五三（昭和二八）年二月二六日、事業の失敗から大島から帰途の船上より東京湾に入水自殺した。翌日、午後、その溺死体が三浦三崎の海上で出漁中の漁夫によって発見された。野口藤作の年齢は六六歳、彼は一人で死んだのではなかった。彼の妻と二人のあいだに儲けられた四人の男の子たちの末っ子が行をともにしたのであった。彼の妻は四七歳、末っ子は小学校の四年生であった。彼の妻の遺体は五日遅れて発見されたが、末っ子のそれは行方を失った。

野口藤作夫妻と末っ子を道連れに心中したという報せを聞いたとき、息子である作家の野口富士男は四二歳であった。野口富士男は翌年、この出来事を作品化した「耳のなかの風の声」を発表したのだった。作品のなかで、息子は父親を、神から見放された男ととらえている。徹底的に運がなかったと。父の小刻みに右膝をふるわせる癖――貧乏ゆすり――は息子へと感染したのだが、この哀しい動作は父の一生につきまとってはなれぬ宿命の象徴ですらあったかもしれない、と書いている。ともに入水した父の妻は、息子の生母ではなかった。生母は芸者をしていた一五歳のときに当時大学生であった父と知り合い結婚し、息子を生んだ後に離婚した。父の後添えにはじめて引き合わされたのは息子が一四歳をむかえたばかりのときで、彼女は数えでまだ二〇歳にしかなっていなかった。

作品によると、心中した三人は二五日、小雨の降りはじめる前の夕刻近く、ふだんとかわりない様子で自宅からタクシーに乗ったという。それを見送ったのは息子の姉であった。二六日は敗戦の年に狭心症で斃れた生母の命日であった。息子は墓参に出るつもりでいた。そこに父からの手紙が届いた。遺書であった。一九日に認められたものだった。

「自分の方針の誤りから会社経営が何うにも成立たない羽目に陥入りました。全責任者として自決の外生きる途がないので断行します。妻も行を共にすると言うて聞きませんから連れて行きます。末弟の事は色々苦慮しましたが、之れもあとの兄弟の足手纏いとなりますから道連れと致します。三人を残すのは誠に心残りですが、さりとて連れて行くわけにも行きませんから残します。行く末相談相手になってやって下さい」

これが内容であった。

父たちは二五日にいったん大島に渡って、翌日午後二時に元村港を出帆し帰航の途次にあったK丸から投身したこと、時間は八時見当、月島に戻った船の一等船室に残されていた遺留品から、末弟に催眠剤ブロムワレリル尿素錠を服用させ、眠ったのを待って投身したらしいことなどがわかった。

二八日、息子は父の遺骸と三浦半島の火葬場で対面する。粗製な寝棺の蓋を、父の遺体の発見者である漁夫が取り除くとプンと磯臭い臭いが鼻を衝いた。父の着衣がふくんでいた海水の臭いであったと息子は書いている。ここで息子は二つの疑問にとらえられている。一つは水泳が巧みであった父が入水するということはさぞかし苦しんだのではないかということ。もう一つは父の屍体を撮影した警察の写真を見ると、「父は両腕を自身の肩幅よりもやや広いめに前方へ差し伸ばしているらしく考えられた。それは『前へならへ』と『バンザイ』のちょうど中間ぐらいに相当する腕の伸ばしかたであった」。この姿勢をどう理解したらいいのかという疑問である。

その二点を漁夫に質問すると、彼は以下のように答えた。「お父さんはきっと船の上から両手をひろげて飛び込んで、そのまま硬くなってしまったんでしょうね」と。つまり、この季節の海の冷たさでは水に入ると同時に心臓麻痺を起こしたに違いないというのである。息子はこの答えに満足する。父は手を前方へ差し伸ばして飛び込み、そのまま硬直してしまったのだ、息子は自分だけでもそう信じたいと思う。父を発見した漁夫は言った。

「今日みたいに海が荒れていたら、昨日は私も漁に出なかったでしょうね」

一九日に遺言を認めておきながら、決行を延ばしたのはなぜか。残された三人兄弟の総領は、二五日が給料日であったためで、ほったらかして逃げ出してしまっては兄弟が社員から見捨てられて可哀そうだと思ったのだろうと推測した。事実、父は二五日の午前中に会社の解散手続きをすませ、午後に給料を支払った。一方、息子つまり作者の妻は二月二六日が生母の命日であったことを指摘した。息子はその両方の解釈とも異論はなかった、と書いている。

末っ子は誰が抱いていたのだろう。デッキの欄干をまたいだ状態の妻に父が抱かせてやったに違いない、息子はそう想像した。

神から見放された男であるはずなのに、その死においては皮肉なことに父は何もかもが、人格までも申し分のないものとして現われている。生前の父とは反対にだ。むろんそのように了解せずには、父の入水死という衝撃を受けとめきれないということもあるだろう。だが、それだけでないと思える。

息子は、神に見放された父が、水際立った生の始末の仕方を神へ投げつけたのを直感したに違いない。

二つのトラウマ

『ジョン・アップダイク自選短編集』（岩元巌訳、新潮文庫）に「鳩の羽根」という飛び抜けておもしろい作品が入っている。

作者は「日本の読者に」という短い解説でこの一九六〇年の作品について触れ、「少年期の宗教への疑いというトラウマと、小さな町から人里離れた古い農家へ引っ越したトラウマが混交していた微妙な心情を描き出してみようとした作品であった。自分以外のものを殺すことで、自分の感じている死の恐怖をまぎらすという考え方はヘミングウェイに影響を受けていたものと思える」と記している。

主人公の一四歳の少年デイヴィッドに、二つのトラウマは手をたずさえてやってくる。引っ越しは多くの場合、子どもにとって災難としか感じられない。望んでもいないのに、なじんだ居場所を奪われることだからである。このようにして生じた傷を解消するために、少年は手初めに書棚の本を整理することを思いつくのだが、整理しているうちに手に取ったH・G・ウェルズの本のなかに、これまで信じきって疑いもしなかったキリストの神聖を否定する記述を発見し、激しい衝撃を覚えるのである。

デイヴィッドの両親はしっくりいっていない。二人のあいだの齟齬は交わることのない論争となって現われる。父は大地は化学物質にすぎないと述べる。それに対し母は大地にもたましいがある、あなたが一歩でも畠の上を歩いてみればわかることだと主張する。父はたましいを持っているのは人間だけだと応じる。おたがいの否定の応酬は、父の「もうみんな寝よう。こういうことをやっていると、死を思いおこすだけだ」という言葉で終結するまで続くのだ。

父母の論争の途中、少年は便所に行きたくなり、懐中電灯を手に外の便所へ入るのだが、そこでデイヴィッドはなんの前触れもなしに死の恐怖に襲われるのである。それは要約すれば、大地へと吸い込まれ、やがてそこで白亜質の地層と区別がつかなくなってしまうであろう消滅の感覚である。死んだら何もなくなり、ただの恐怖の海と化す感覚。こうした死の啓示に少年の日々は脅かされはじめる。居場所の喪失およびキリストの神聖を疑う人がいることを知った衝撃。これら二つのトラウマの混交に父母の関係の亀裂が加わり、デイヴィッドの足元の地面の底が抜けてしまいそうになったのだ。死の恐怖は、そこから噴き出してきたに違いない。

死の恐怖にとり憑かれた息子の気持ちを何とかして晴らそうと、両親は一五歳の誕生日に二十二口径のレミントン連発銃を贈る。ここは宗教への疑いというトラウマと同様、いかにもアメリカ的だけれど、その違和感を差し引いて読むと、両親が思い切った荒療治を息子にほどこそうとしているのがわかる。

「自分以外のものを殺すことで、自分の感じている死の恐怖をまぎらす」というヘミングウェイの考え方が実行に移されようとしているのである。そして予測したとおり、ある日、母はデイヴィッドに一つの頼み事をもってくる。大きな納屋が、鳩の棲処みたいになってしまい、困っていると祖母が訴えてきている。だから撃ってくれないかという頼みである。少年は「ぼくは特に何かを殺したりするのは好きじゃないんだ」と言って断る。この返事を待ちかまえていたかのように教師をしている父親が口を出す。

「エルシー、この子はおまえそっくりなんだ。善良すぎて、この世にはむかんのだよ。やっちまえ、さもなきゃこっちがやられるってのが、おれのモットーだけれどな」

母親も大きな声を張り上げる。

「お母さん、デイヴィッドは鳩を殺すのはいやですって」

いやだって？　年老いた祖母の目が恐怖におののいたかのように丸くなった。それから鉤のようにまがった手がゆっくりとひざの上に落ちた、とアップダイクは書く。こうした空気にデイヴィッドは負けて、鳩を撃つことを約束してしまう。
「そう決めると、何か心地よい爽やかな気持が口の中にさっと広がった」と少年は自己の内面のこれまでになかった動きを感じとる。ここが殺戮への入口であり、死の恐怖からの出口である。

納屋に入ったデイヴィッドはレミントン銃で一羽また一羽と鳩を仕とめる。立ち会った母親は鳩の死体を前に、あなたが殺した鳩だ、自分で埋めるようにと言う。デイヴィッドは穴を掘った。それから撃った鳩の死体を間近につくづくと見る。羽根は犬の毛よりはるかに見事だった。表面の色鮮やかな何気ないデザインは、二つとして同じものはなかった。そうした羽根をもつ六羽の鳩の死体を穴のなかに投げ入れ、投げ入れ終わったとき、デイヴィッドは心に堅くおおいかぶさっていたものが取りのぞかれる思いがしたのである。死の恐怖から解放されたのだ。その解放が信仰の回復とともに訪れた瞬間をアップダイクは書いている。

「女性が何かやわらかいすべすべしたものをまとうような、大気までが軽やかに思える感覚が彼の全神経に走り、彼ははっきりと確信を持つことができた。益もない鳥に神様がこれほどの意匠を惜しげもなくついやされるのであれば、デイヴィッドの生命を死の世界に導き、自らの創造の天地をすべてうちこわされるはずがない、と彼は信じた」

禁忌

子どものころ霊柩車を見たら親指を隠すようにして拳をつくれと言われた。そうしないと親が死ぬと。子ども同士の世界でこうした禁忌は伝承され、私たちは理由も考えずにそれに従った。そんなの迷信だよという合理主義的な抵抗は、ではAはどうだ、あいつは迷信だといってあのとき親指を隠さなかったために、三日後におやじさんが死んだじゃないかという具合いにやりこめられた。不幸は禁忌に触れることで起こるのであった。

子どものころ、黒は死の色であった。霊柩車の色調は屋根をつけたその異形とともに黒であった。またカラスがいつになくたくさん木にとまっていると、それは何か不吉なことが起きる予兆であった。カラスは死の世界とつながっている、だから禁忌の対象であり、嫌うと同時に禁忌の色を全身にまとっているゆえに魅惑（エロス）の対象でもあった。子どもたちはそうした禁忌を繰り込むことで日常の世界を立体化することを好んだのである。いまもカラスの大群が鳴き騒いでいるのや大きなカラスを見ると、記憶の伝承が作動してか、何か起こるのではないかと内心どきりとすることがある。あるいは遠景に一人立つ黒ずくめの女性にエロスを喚起されることがあるのは、禁忌の色に包まれ、禁忌の色そのものとしてあるように見えるからに違いない。

こんなことを書いてみたのには理由がある。一九三九年生まれの俳人斎藤慎爾の句集を読んでいて似たような世界の感触に出会ったからである（以下はすべて『寺山修司／斎藤慎爾の世界』柏書房に収められたものによる）。

人が人焼く梟の淋しさで
死化粧を梟だけは知っている
梟を見つめる眼にして末期の眼

（以上は「春の羇旅」一九九八年より）

似たような感触と書いたけれど、ほんとうは違う。ここでモチーフとなっている梟は黒色ではないが夜の鳥であり、しかも漆黒の闇のなかを単独行動する。私たち子どもは禁忌をつくり、その禁忌にカラスを引き寄せることによって世界に恐怖の感情を呼び込もうとしていた。一方、俳人の言葉は梟に淋しさの感情を仮託している。だが俳人が梟に求めているのはそれだけではない。自己を死者として葬ろうとしている自分がおり、その自己の死の立会人に梟を指名している感じがするのである。死化粧をしている自分を梟の眼が見つめている、その梟の眼を見つめ返す自分の末期の眼。見送る梟と見送られる自分という構図。梟はカラスのように他界の禁忌の鳥ではなく、この世の死の立会人なのだ。
俳人にとって恐いのは梟よりも蝶であった。

十三夜姉を攫いに来る蝶か
蝶の意のままに墓石は殖えるかな
十三夜柱に憑きし　蝶のあり
父母祖父母仏を刺しにくる蝶か

（以上は「冬の知恵」一九九二年より）

ここでの蝶は他界の意思を体現するものとしてとらえられている。その意味では子どもの私たちがカラスに見ていた像と似ていなくもない。けれどカラスの存在ないし出現は不吉な出来事の予兆であるにとどまっていたのに対し、蝶はここで俳人の家族に起こる不吉な出来事の実行者として現われているのである。一般にその美を称揚される蝶が美しいまま恐怖をもたらすものとして転倒されるのだが、こうした転倒がぞっとするようなリアリティを生んでいる。なぜだろうか。注目したいのは姉を攫いにくるというエロティックな近親相姦的な像および感情が蝶に託されている点である。さらに、すでに仏になっている両親祖父母を刺しにくる刺客という像を蝶に付与している点である。姉を攫い、仏となった両親祖父母を刺すという行為は、実は口にするのをはばかるような俳人の深い願望であったのではないか。家族の禁忌を犯したいという願望の主体が、それを犯すものとしての蝶に転位している。そうした設定に超常的な恐怖とエロティシズムが醸し出される根拠があったのではないか。

父の忌の蝶を三枚におろさんか
過ちに似て俎に秋の蝶
蝶殺めおれば日月入れ替わる
懐の死蝶を隠す蝶の山
（以上は「春の羇旅」一九九八年より）

なんだか俳人は家族の禁忌を犯した罪として自己を罰するように蝶を殺そうとしている、そんなふうに思えてくるのである。

はじまりの場所

死をめぐる議論でひときわ特異な観点を提出している人がいる。『遺書』(角川春樹事務所)における吉本隆明氏である。ここにおける吉本氏の議論は虚を突くところがある。同時に、死を考えるということはこういうことなのかと思わせる力をもっている。私たちは死ということについて、あまりに肉体の死という現象に骨絡みに囚えられすぎているのかもしれない、吉本氏のいうところを聞いていると、そういう内省がやってくる。

吉本氏は自分が考える死は生命機関や身体細胞の死ではなく、それにともなう精神の死でもなく、さらに宗教家がいう「前世」や「来世」の線上に乗った現世の終焉ともまったく関係のない「目指されるべきひとつの場所」だと述べる。それが死という場所だという。

さあ、わからない。なによりもまず、私たちがこういう思考に慣れていない。繰り返せば、私たちにとって死はこれまでいつも「心身の死」として訪れるもの以外ではなかったからだ。

吉本隆明は心身の死については高村光太郎の詩にいう「死ねば死にきり、自然は水際立っている」という見方がいいと思う、と述べる。しかし、この場合の肉体および精神の死は高村光太郎のいうように自然の問題である。自然の一部の問題にしかすぎない。それに対しいま考察の対象にしようとしているのは、そうした自然の問題としての心身の死とまったく別の「死」なのである。人間の死の問題はどこに死を設定し、それはどんな場所で、どんなふうに人間の可能性を広げられるかという問題であるというのだ。

このような死を吉本氏は、人間は時間と空間に可逆性を包括したような完備した条件の可能性に、どこまで肉迫できるかの問題であるとも述べている。ここを解説させてもらうと、こういうことではないか。すなわち現世に生きてる人間は限定された生き方を強いられている。条件的な生を強いられているといってもいい。たとえば時間は前からやってきてうしろへと過ぎていく。その過ぎた時間を呼び戻すことはできない。誕生から死までの人間の生涯はそのようにつくられている。そうした意味では、肉体や精神の死は時間の向こうから私たちのもとに不可逆的にやってくる。私たちはそうした心身の死をただ受け入れていくしかない。

海の事故で意識を失って入院している父の状態を、娘のよしもとばなな氏が知り合いの超能力者に電話で訴えた。そうしたら、その超能力者は「親父さんはこちら側にいるから大丈夫だよ」と答えた。その言葉どおり吉本は生還した。『遺書』にはこういう記述がある。

なぜ超能力者には瀕死の状態にあった吉本氏がこちら側にいるとわかったのだろう。超能力者が向こう側からこちら側を見ることができたからである。つまり、時空をこちら側からも向こう側からも見ることができる、可逆的な「ある場所」に立っていたことを物語っているというのが答えである。よしもとばななは不可逆的な時空の枠から出られなかった。こちら側にしか立てなかったゆえに、瀕死の父親の状態を未来の方から見ることができず、それゆえに不安で仕方なかったのだ。だとすれば、可逆的な時空がそなわっているという場所は、確かに人間の目指すべき「ある場所」であるといえよう。ただし、その場所を「死」と呼ぶ理由は依然として明確ではないとしても。

吉本氏は親鸞の考え方が好きだという。親鸞は念仏を唱えれば「ある場所」に行けるといっている。親鸞のいう「ある場所」とは、実体化した死とも実体化した来世とも違う。それは現世と来世の間の「ある場所」である。「ある場所」とは、ここではいうまでもなく死である。

吉本氏はその「ある場所」に触れたときに男女の間に起きる救済について語っている。

「はじまりそうになればいいね」

生涯の終わりに自分の細君に向けてこの言葉がいえたら男女のことは理想であろう、と吉本隆明は述べる。生涯の終わりに近くなればなるほど、二人の間に「はじまり」の要素が出てきたら大したものではないか。男女の間のそれが救済なのではないかというのだ。

ところで、生涯の終わりにおいてはじまりの要素が出てくるということは、「ある場所」に、つまり死に、触れたことを意味する。いいかえれば死という向こう側から現世の終わりを見はじめていることを意味する。「ある場所」に触れたことによって生まれた新しい視線と新しい視線に映りはじめた光景が、この場合のはじまりの要素であるだろう。救済は人が「ある場所」に触れ、そこから戻ってくること。戻ってきた人がまだこちら側にいる人に「ある場所」に触れた経験を分かち与えることではないか。「はじまりそうになればいいね」という言葉は、そのような内実をそなえているのではないだろうか。

『遺書』を開きながら、いつの間にか「目指されるべき死」について思いをめぐらしている自分に気づくのである。

記憶

秋の深まった一日、麻由子はいつものように二階のベッドで六時に起きた。彼女のいまの唯一最大の気がかりは犬のロンが死にそうになっていることである。ロンは老衰の極みまで生きのびてきた。そしてものを食べないという状態がここ何日も続いている。今朝はおもらしもしていない。今日こそは医者に連れていかなくては。それには夫に車の運転を頼まなくてはならない。なにしろロンは大型犬のイングリッシュ・セッターなのだ。夫の吉郎は役所から建設会社に天下り、そこの会長職を退いて五年、すでに七〇歳の坂を越している。二人は数年前から同衾しなくなった。だからといって不仲なのではない。夫婦の課題はたがいの老いとしっかり向き合うことしかない、二人はいつもそんなことを話しあっている。麻由子は階下で眠る夫を起こしにかかる。起こされた夫は、まだ六時をまわったばかりじゃないか、こんな時間に医者がやってるわけないでしょうと言いながら、それでもベッドから起き上がり、病院に電話をかけ、相手先が留守電になっていることを確かめ、ふたたび妻に背を向けて寝てしまおうとする。

山本道子の「苺ジャム」は、ほぼこんなふうな記述からはじまる老夫婦の半日を描いた好短編である（『短編集 女神』所収、講談社）

読みながら不審に感じる。どうして老妻は自分で獣医に電話をしないのだろう。わざわざ寝ている夫を起こし、夫もまた妻を突き放さずに電話をしている。なぜだろう？

おそらく麻由子がずっと主婦だったからに違いない。家庭のことは妻が主導し、夫にあれこれ命じる、夫は妻の言葉に従う、といった夫婦関係を長いあいだ続けてきたのだ。だから考えるまえに自然にそのように動作してしまうのではないか。老いはこうした夫婦のあり方をいっそう強化するようはたらく。

麻由子は頓着なく吉郎の背中に別の話をしかける。「ウェリントンのあの借家、いま思えば変な家だったわね」。ニュージーランドのウェリントンは三〇年以上まえに結婚して最初の勤務地で、二年滞在した。生まれたばかりの娘を連れて夫婦には張りのある毎日だった。「半地下の物置みたいな部屋に大きな冷蔵庫があったでしょう、あなたは気がついていなかったかもしれないけれど、あのまわりのカーペットにすごいシミがついていたの、わたしたちが入るまえにあそこでなにかあったんじゃないかしら、だれか殺されたとか、……ねえ、あなた、きいてる」。夫は応えない。

妻はしかし、じれるわけでもない。そのうち毛布から出ている夫の頭のてっぺんに眼を奪われた。こんなに禿げていたかしら。白髪が増えはじめた頃は、風采もそれなりに初老らしく見栄えも悪くなかったのに、こんなに薄くなったなんて。

私はこういう箇所がなんともいえず好きだ。残酷な発見であるのにおかしみが感じられるのはボケのまじった老妻の意識のたゆたいの根底に夫への愛情が感じられるせいだ。

妻が夫の顔をまじまじと見る場面がある。朝食をとりながら吉郎が急に先刻ベッドで麻由子が語りかけてきたウェリントンの家の地下室のカーペットのシミについて、思い出したことを話しはじめたときである。妻はこの時点ではすでに、そういえばそんなことを話したような気がするというくらいに記憶がこころもとない気分になっている。だから夫の話の意味がつかめないし、言葉が聞こえない。「麻由子は吉郎の顔を食いいるように眺めた。彼がなにかいうたびに、こけた頬に深い皺が走る。それも一言ひとことゆっくり話すので、皺はじんわりと現れてくしゃくしゃにひろがってから口のまわりに集まる」。夫の禿げている頭を見たときに妻に訪れたものと同様な感慨がやってこないのは、妻が夫を愛情の眼ざしで見ているのではなく、夫の顔の動きに心を奪われていることによる。

夫はしゃべり続ける。「殺人なんかじゃなくてね、苺ジャムだ」。血痕のようだったけれど、まえの住人が畑で収穫した苺を煮てジャムをつくった。それを半地下の冷蔵庫に貯蔵するのに、手がすべってこぼしたのだ、そう秘書から聞いたと。

　ここまで聞いた妻は、あれは苺ジャムなんかじゃないと決然としてはねつけたのだ。

「殺人があったのよ、絶対そうよ、まえ住んでいたひとが殺されたのよ、奥さんかご主人か、とにかくだれかがだれかにやられたのよ、あそこが血の海になったのよ、……だからあなたにも多摩子（娘）にも黙ってたの、もし多摩子に気がつかれたら大変だし、あの子はまだ小さかったわ、怖がらせないようにしないと。だけどあなたがそんなに気にしていたなんて……。／家族三人なのに、あんな広い家に住むことなかったのよ、来客だってそうそうあるわけじゃないし、ワシントンのときだってキャンベラのときだって、家ばっかりやたらだだっぴろくて、あなたはお仕事が忙しかったから気がまぎれたかもしれないけれど、わたしはなんだか寂しいことばかりだったわ、もし多摩子がいなかったら、外国なんてとても我慢できなかったかもしれない」

　こういって麻由子はため息をつき、吉郎はうんうんとうなずきながら椅子を立って、専用の肘掛け椅子にどっかと沈んで新聞を広げた、という描写が続くのだ。

　老いはとりわけ記憶について自分本位をつらぬこうとする、そのことがおもしろい。麻由子のこのめんめんとした話を受けた後に作者は、ロンのことを麻由子が思い出し、病院に連れていったのは、昼近くであったと書くのである。

宇宙空間の火葬

宇宙ステーションをつくる話を聞いたことがある。それほど昔のことではない。間もなくはじまる宇宙ステーションの設営。それには日本も含めた数カ国が参加する。この宇宙ステーションをベースに次に宇宙コロニーを建設し、そこに数千人、数万人単位の人が住むようになるというのだ。紆余曲折はあるだろうけれど、一五〇〇年から二〇〇〇年という未来にやってくる出来事だと確信をもって専門家は語った。

宇宙船の段階が終わろうとしている、話を聞きながらそう思った。すぐにいくつかの問いが頭をもたげてきた。では宇宙ステーションはどのあたりに設営されるのだろうか。そして、宇宙コロニーは？　宇宙コロニーに住むことになる人は、これまでの地球人と同じなのだろうか、それともコロニーの住環境に適応するための重力訓練を受けた脱地球人なのだろうか。身体のあり方を非地球的に変えた彼らや彼らの子孫はやがて地球外知性体という性格を強めていくことになるのだろうか。

宮内勝典の長編小説『ぼくは始祖鳥になりたい』（集英社）を読んだとき、右のような思考をめぐらしたことを思い出した。

宮内勝典は登場人物のひとり、黒人宇宙飛行士ジムに以下のように語らせている。宇宙船は現在、地球から六〇〇キロ程度の距離を回っている。宇宙ステーションはまず月に、次にラグランジェ・ポイントにつくられることになろう。ラグランジェ・ポイントというのは、月と地球、太陽と地球の引力バランスが釣り合っている地点のことで、非常に安定している。月の軌道上と地球の軌道上にそれぞれ五カ所ある。設営されるとすればそこだろうと。年をとったらラグランジェ・ポイントに浮かぶ金属の修道院にこもろうと思っている。そこで死んでもいいとジムは続ける。だがほかの惑星に宇宙コロニーをつくることについてジムは否定的だ。ここ（月やラグランジェ・ポイント）からさきは途方もない空間であり、まず征服できない。それ以前にヒトという種が滅びてしまうだろうというのだ。ジムの「途方もない」という言葉にふと現実に帰る。宇宙ステーションや宇宙コロニーはどうやって建設するのだろう。誰かが作らなくては存在しないのだから。宇宙飛行士が宇宙遊泳しながら、大工さんと同じで、ボルトやナットを持って働くとジムは答える。

するとと訊ねるものがいる。命綱をつけて？

つけない場合もある。背中に船外活動装置をしょっているからね。高圧ボンベに過酸化水素が入っていてね、ま、オキシフルみたいなものだが、そのガスを噴射する。質問者はさらに突っ込む。もし、もどれなくなったら？　なんだか訊ねてはいけないような質問だ。ジムはしかし平然と答える。以下に引用してみる。


「わたしの酸素は七時間三〇分もつ。その時間内に救出できず、死体回収にもしくじった場合、わたしはそのまま慣性飛行をつづけていく」

「永遠に？」とジローは訊いた。

「いや、そんなことはない。宇宙といっても完全な真空じゃない。ごくわずかだが、水素もある。星間分子もある。それらにぶつかって、ブレーキがかかり、ゆっくり、ゆっくり高度がさがっていく」

「わかった」

とジローは顎をひいた。それ以上聞くまでもなかった。地球を回りながらゆっくり下降していくジムの死体は、かならず重力にひきつけられて大気圏に突入していく。そして進入角度が深すぎた宇宙船と同じように、オレンジ色の火に包まれて燃えあがっていく。


（宮内勝典著『ぼくは始祖鳥になりたい』下）

宇宙空間の火葬だと思う。不意に自然葬という言葉が現われる。散骨ならぬ散体。他方、こんなジムの内的独白の記述もある。

よく憶えている。軌道変換ロケットを噴射して、軌道から離れ、地球の引力に身をまかせながら秒速７９３９メートルの猛スピードで突入していくときの大気の手応えは凄まじいものだ。／そのまま突っこんでいくと、摩擦熱で宇宙船は焼けただれてしまう。34度の迎え角をとらなければならない。角度が深すぎると燃えあがり、浅すぎると突入の瞬間、大気にはじき飛ばされてしまう。だから正確に34度でなければならないのだ。それでも宇宙船は、華氏２５００度のオレンジ色の炎に包まれてしまう。／高度46キロで、迎え角を10度に立て直す。／そのときだ、宇宙船のまわりの空気分子が高熱のためイオン化して、まったく電波を通さないブラック・アウトが起こってしまう。／操縦席の白分はそのとき、視野ぎりぎりに巨大化してくる青い水の惑星へ突き進みながら、命綱の電波がまったく消えたまま盲目飛行していく宇宙船をなんとか制御しようと、０・０００１秒刻みにおもえる時間と戦うのだ。そして、ついにブラック・アウトを突きぬけ、母星からの誘導電波の声がふたたび聴こえてくると、狭くて暗い産道をくぐりぬけた赤ん坊のように、全員がいっせいに喜びの声をあげる。

善人

　自分をいまにも殺そうとしているものたちを前に、人は彼らに対してどのようにふるまうのだろうか。どんな人間として殺されていくのだろうか。フラナリー・オコナーの短編「善人はなかなかいない」（『フラナリー・オコナー作品集』所収、横山貞子訳、筑摩書房）は、そんな縁起でもない問いを読者に強いてくるような短編である。

　ベイリーとその妻と赤ん坊、八歳になるジョン・ウェズリーとその妹のジューン・スター、それにベイリーの母の六人がフロリダに向けてジョージア州アトランタの家を出たのは午前八時四五分。ところが不運なことにベイリーの運転する一行を乗せた車はまだ州境を越えない昼過ぎ、トゥームスボロー付近の提防の下の谷に落ちてしまうのである。だが不運はこれで終わりではなかった。助けを待つ家族に「大型で黒く、霊柩車のような古い車」から降りた三人の男たちが拳銃を手にゆっくりと近づいてきたのだ。三人は昨日の新聞に刑務所を脱獄し各地で殺人を重ねながらフロリダに向かっていると顔写真入りで報じられた脱獄囚たちであった。作品はここから読者を絶望的な恐怖へと吊り上げていく。祖母が悲鳴をあげた。「あんた、あの〈はみ出しもの〉ね！　ひとめでわかった」。拳銃を手にした男は答える。「そのとおり。しかしね奥さんよ、おれだと気づかないほうが一家の身のためだったのにな」。

絶体絶命の窮地に陥った者の側のとる振る舞い方の最初のひとつが現われるのはこの場面である。ベイリーは母親と殺し屋たちのやりとりを聞いたとき、敵を責めずに味方の失態を責めたのである。男たちを凶悪な脱獄囚と気づいて思わず叫んでしまった自分の母親にののしりを浴びせたのである。それは子どもたちでさえショックを受けるようなひどいものだった、と作品は書いている。どんな内容かは記されていないけれど、おおよその推測はつこうというものだ。老女は声をたてて泣きだし、〈はみ出しもの〉は顔をあからめた、と作者は続けている。

だが運命はだれにも、むろん殺し屋たちにだって、変えることはできない。まずベイリーと息子が森へと連れて行かれる。やがて「森から拳銃の射撃音がきこえ、続けて二発目がきこえた。あとはしんとしている。老女は急にふりかえった。木立の上をわたる風が、長い満足の吐息をつくのがきこえる。『ベイリーや！』と老女はさけんだ」と作品は描写する。風さえも暴力の気分に浸透されているのである。

次は赤ん坊を抱いたベイリーの妻と娘の番であった。「子供たちの母親は呼吸困難におちいった時のようにあえぎはじめた。『奥さん、その子供さんといっしょに、ボビー・リーとハイラムのつきそいで、あっちへいってだんなと合流してもらいたいね』『ええ、どうも』と母親はかすかに答えた」これがベイリーの妻の振る舞い方である。羊のように従順なのは、男のていねいな物言いと、その後に待っている冷酷な現実との落差に、母親は思考と行動の方途を奪われてしまったからである。

娘ジューン・スターの振る舞い方は父親とも母親とも違った。「奥さんを上げてやれよハイラム。ボビー・リー、お嬢さんの手をとってやれ」という〈はみ出しもの〉の言葉に猛然と反発するのである。「こいつの手なんかいらない。豚みたいなやつ」。

このような堂々とした振る舞いは、おそらく危地に際して私たちがもっともとりにくい行動のひとつだと思う。

祖母の振る舞い方はこれらともまったく異なるものであった。相手のなかの「善人」に訴えてなんとか犯行を思い止どまらせようとしたのである。「あんたは善人だとわかっていますよ」にはじまり、「あんただって、その気になればまっとうになれるのに」「祈りなさい。祈る、祈る、祈るの」「あんた、いい血筋なんでしょ！　レディーを撃つもんじゃないの。お金は全部あげる」老女の生きようとするあがきを前に〈はみ出しもの〉は言う。

「奥さん、死体が葬儀屋に心付けをやったためしはないよ」。

だが〈はみ出しもの〉は祖母の言葉に内面を撹乱され、自分でも思いがけない言葉を口にしはじめるのである。「死人をよみがえらせたのはイエス・キリストだったよな。そんなことはしないほうがよかった。イエスはあらゆるものの釣り合いを取っぱらったんだ」男はさらに続ける。もしイエスが死人をよみがえらせたのなら、おれたちはすべてを投げ出して従うほかない。しかし、もしそうでなかったら、おれたちは残されたわずかな時間をしたいほうだいの悪事を楽しむしかないだろうと。この言葉を聞いて、祖母はつぶやいた。「イエス様は死人をよみがえらせなかったかも」男はだが、みずからの言葉に興奮してきており、老女の言葉を聞いていない。「もし（イエスが奇跡を起こす）その場にいたら、はっきりとわかったのに。そうすれば、おれはこういう人間にならずにすんだんだ」。

こう語る男の声は泣きわめく寸前のそれであったと記した作者は、このあとを次のように続けたのである。

「祖母はその一瞬、頭が澄み渡った。目の前に、泣きださんばかりの男の顔がある。男に向かって祖母はつぶやいた。『まあ、あんたは私の赤ちゃんだよ。私の実の子供だよ！』祖母は手をのばして男の肩にふれた。〈はみ出しもの〉は蛇にかまれたように後ろに飛びのいて、胸に三発撃ちこんだ。それから拳銃を置き、眼鏡をはずして拭きはじめた」

クローン

　この地上に生息する、およびかつて生息していたすべての生物はその生涯を通して、大きさ、姿かたち、さらには自然における生活のありようにおいて、実に目覚ましい変化を遂げる。多細胞生物と呼ばれ、一つの生物個体が数多くの細胞から成り立っているような生物においては、こうした変化は例外なしに起こる。その一連の変化の開始が生であり、終結は死である。死が終結であるということ、死は個体に訪れるということ、そして死が訪れた個体は消滅するのであり、二度と同じ姿に復しえないということ。こうした一回性の体験が、死を特別な事実ととらえていく精神のかまえをつくってきた。

　だが生物界には、こうした変化、すなわち生にはじまり死で終わる変化の過程をたどらないものがある。それどころか死につながるような損傷の体験が再生と新生、つまり増殖の契機となるような生物も存在するのである。

「生物界には死が大して意義をもっていない生物は多い」と、岡田節人は述べている

(「生物界における生と死の様式」、多田富雄・河井隼雄編『生と死の様式――脳死時代を迎える日本人の死生観』所収、誠心書房)。その例として岡田はプラナリアやクラゲやヒドラをあげている。こうした動物のとる生と死の様式のなかに、加齢とか寿命とかの概念は入り込む余地がない。誕生↓成熟↓性↓老化↓死というプロセスをたどらない。死はいわばアクシデントであって、一生の必然の終末としての意義をもつものではないというのだ。ここでいうアクシデントとは、死が生体内に内在されていないという意味である。

岡田の説くところを聞こう。ほとんどの生物種は、個体の死という終末に至るまで、いくつもの破局を克服できるような仕掛けを内蔵している。免疫という外から間断なく侵入してくる病いの原因に対する防御のシステムは知られている。だが免疫システムをもつ動物はヒトを含んだいわゆる高等生物にかぎられており、すべての生物にそなわった普遍的な能力ではない。ではすべての生物にそなわっている普遍的な能力は何か。与えられた傷害を治癒、修復する能力である。この能力はヒトを含む哺乳動物と呼ばれる仲間では、きわめて低いものでしかない。したがって免疫能力ほどに注目されていないけれど、他の多くの動物や植物にとってこの能力は驚くべき高さである。その高さは、単に傷害を克服するだけでなく、新しい個体を生みだして生命の連続性を維持する仕掛けにさえなっている。

岡田はここでプラナリアを登場させるのだ。たとえばプラナリアという渓流などに生息している小動物、この動物はからだの一部を切り落とされるとどうなるか。二つに切り離されたからだは、それぞれに失われた部分を再生し、それぞれ完全な個体として再生＝新生するのである。つまり一匹のプラナリアを二つに切断すると、二匹となって再生してくるのである。それぞれの一片は新しい一匹をつくり出す。一〇に切れば、一〇匹となって再生し、二〇に切れば二〇匹に再生する。再生は新生でもある。プラナリアは自らを自らでばらばらにすることによって、個体の新生を行なっているのである。このようなことが可能になるのは、プラナリアのなかにいわば「全能細胞」が含まれており、それが切られることによって自己回復への動きを開始するからである。

人間にとって身体を二つに切断されることは、死を意味する。手足指皮膚でも切断された箇所、深く損傷した箇所を完全に損傷以前の元の状態に戻すことは現段階の技術ではきわめてむずかしい。せいぜい爪と髪の毛の再生能力だが、これも老化の過程でしだいに失われていく。全能細胞が動き出さないからだ。理論的には、皮膚の垢からでも全能細胞を培養し、人間をつくり出すことができる。しかし、全能細胞が働き、生命を再生することを可能にする環境がない。

岡田はプラナリアには有性の生殖によって卵を生むという生の始まり方もある、状況によって二つの様式を使い分けている、と述べている。生の契機は受精であるとはかぎらないのである。むろんプラナリアも死ぬ。たとえばプラナリアは生息の環境が非常に都合の悪いものに変わると死ぬ。ただ繰り返せば、死の要因はあくまで外側にあるのだ。

プラナリアは自らのクローンをつくり出している。それゆえに個体はあってもその個体に個別性はない。個体としてのエピソードがない。死が意義をもつのは、その存在が個別的であることによる。言い換えれば、かけがえがないことによる。プラナリアの死はそれゆえ意味をなさない。

ここまで書いてきて、以下のように問いたくなった。このこと、つまりそれ自体で個体をつくり出す能力をもつ全能細胞を有し、死が内在されていないプラナリアと較べたとき、不死性というプラナリアの特性をもたない人間は、生命体として欠陥的存在であることを物語っているのだろうか。それはまた人間の不幸を語っているのだろうか。生から死への発展的かつ衰退的過程はなく、したがって個体の生と死のもつ意義は少ないということと引き換えに、私たちはプラナリアの生と死のあり方を手に入れたいと思うだろうか。答えはいちおう、すべてに否である。

でも、ふとプラナリアのようになれたら、と思う瞬間がある。これは人間としての精神の堕落であろうか。

逃げていく生

たった半年のあいだにすぎないけれど、ある偶然から我が家の住人になっためんどりのコッコが死んだ。居間で放し飼いにし、私たちを楽しませ、また悩ませたコッコがあっけなく逝ってしまったのだ。

彼女が我が家にやってきたのは、今年の一月末の雪の降った翌日の夜であった。その夜、私はどうしたわけか急に散歩に出たいという気持ちになり、食事の支度にかかろうとしていた連れ合いを強引に誘って、三〇分をめどに歩きはじめたのがすでに七時半を少しまわっていたころであった。道のあちこちに昼間の雪解け水が凍っていた。私たちは後ろから誰かにせっつかれるように速足で坂をくだると、車の行き交う道路を横断し真っすぐに手賀沼に突き当たり、すぐに右に折れ、左手に暗い沼の水を感じながら、北側から――ということは裏から――手賀沼公園に入った。そして正面入口から再び表通りに抜ける経路を選んだのであった。ここまでほぼ一五分、まったく迷うことなかった。これは珍しいことだった。

というのも、いつもは岐路にさしかかるたびに、どっちにしようかと立ち止まって、そのときの天候や時間、気分や車の量などを勘案しながら、今日はこっちに行ってみようというふうに道が決まるのだったから。だが、その夜は違った。私が散歩の経路を決めた。

手賀沼公園を正面入口から抜けようとしたとき、右手前方、植え込みのすぐ横に薄暗い灯火に照らされて何かが倒れているのが見えた。近づいてみたらにわとりであった。冷えきったコンクリートに横たわったにわとりはもう死んでいるようであった。

「どうしよう?」

「もう死んでるんじゃない?」

「おい、にわとりさん、おまえは生きてるの?」

そう呼びかけたとき、かすかににわとりが足を動かしたのであった。生きていた。

「どうしよう?」

「連れて行こうか?」

どうせ助からないと思った。それなら家に連れ帰って看取ろうか、ということになった。不思議なことに、どうせ助からない、だったら放置しておこうというふうにはならなかった。なぜそうならなかったのか。

理由は二つあった。ひとつは連れ合いが以前、瀕死の犬と目を合わせたことがあったことによる。説明すると、車を走行させている途中、道路脇に寝かされている犬を目撃した。自動車にはねられたのだろうかと思った瞬間、犬が頭を上げ、こちらを見た。目が合ってしまった。その犬の目が何とかしてくれないかと訴えてきたというのである。けれど、どうしても急いで行かなくてはならないところがあり、車を止められず、結局犬の訴えを無視してしまったというのだ。だからこんどは見過ごせない気分になっていた。

もう一つの理由は、すごく年老いて見えたことによる。たとえ息を吹き返しても、長くは生きないだろう、それなら家で晩年をおくるというのも悪くはないはずだ。ところがあてが外れた。元気になってみると、彼女は若いめんどりであった。

図鑑にあたったら、わりと大柄で明るい茶色の羽から推して三河コーチンという種類らしいことがわかった。性格は穏やか、優しい目、整った顔立ち、エレガントな動作、私たちはどこかのお姫様の生まれ変わりではないかなどと言い合った。散歩に連れていくと、一時でも私たちから離れることを怖れた。それほど私たちを頼りにしていることが痛々しく感じてならなかった。

彼女の死は急であった。我が家にやってきてから半年後の七月中旬のこと、ぐったりとしているコッコに気がついた。最初はめんどりなのでそろそろ卵を産む時期かなと考えた。

しかし、どうも様子がおかしい。緊迫した気分になり、動物病院に連絡して、診てもらった。腎臓が悪い、ここ一両日がヤマだといわれた。人間食を与え過ぎた結果だともいわれた。ショックだった。抱かれることが好きで、いつも家族の誰かの腕のなかにいた。それで、つい食べたそうにするので、おやつをはじめとして人間食を与えてしまっていた。それが原因だった。ヤマといわれた二、三日が過ぎ、ひととき回復の兆しを見せた。そう思った矢先、容体は急転した。

死にゆくということは、しだいに動かなくなっていくことであり、私たちの呼びかけに応答しなくなることであった。少しずつ体が冷たくなり、硬直してくることであった。一月の夜、呼びかけたとき足をそっと動かした。温めるうちしだいに体温が上昇し、体中でする呼吸が回復した。顔が生気を帯び、とうとう立ち上がって歩きだした。ちょうどその逆をたどって行くことであった。そこにはほかにどんなニュアンスも入りこむ余地はないと思った。

生がコッコから逃げて行く。コッコから生が離れて行く。私たちは必死に、呼び戻そうとした。しかし、それは不可能なことであった。七月二六日のことであった。私たちは死んだコッコの写真を何枚も撮ったのだった。

帰心

帰心ということを考えたことがある。ほんとうは故郷とは何かというように正面から問いかけてもよかったのだけれど、東京生まれの私には故郷という言葉がどこかピンとこない。だから帰心を問うのだ。なぜ人はある年齢に達すると突然のように帰心にとらえられるのだろうか。

故郷に帰りたい、帰って故郷で死にたいと思いはじめる。どうしてだろう。生まれたところに帰りたいという気持ちは、これまでの全生涯を費やして得た地位や名誉はもちろん、ときには家族でさえ放り投げてしまいかねないほどに強烈に現われる。この感情は、人間の感情のなかでもかなり特異なものといえよう。はたして、こうした感情は自然な心の動きであるのだろうか。正直にいって、私にはうまく諒解できない。

柳田國男は故郷の外を世間という言葉で括っている。世間の汚泥にまみれていない場所、そこで過ごした時間。誰もが――子どもでさえ――世間を生きているとすれば、当然、私たちが生きているこの世は故郷の外であり、異郷ということになる。世間と接触しないでいられる場所、時間。自分という存在を自覚することなく、生きていられた場所、時間。他人という存在を知らずに過ごせた場所、時間。それが故郷の内実である。故郷という言葉が生まれるためには、だから、人は故郷を出なければならなかった。

「名も知らぬ／遠き島より／流れ寄る　椰子の実ひとつ／故郷の岸をはなれて／汝はそも波に幾月」（「椰子の実」島崎藤村作詞・大中寅二作曲）

柳田國男は「海上の道」という極上の文章のなかで、この詩「椰子の実」のモチーフになった話を藤村に聞かせた事実を披瀝している。明治三〇年、大学二年の夏休みの一カ月余りを三河の伊良湖崎で過ごした柳田は、そこの海岸へと波が持ち来る寄物のなかに、ココ椰子の実が混じっているのを発見した。それも一度ならず三度まで。この経験を柳田は、東京に帰って島崎藤村に話したというのである。こうして藤村の傑作が生まれた。

だが柳田國男の関心は別の方向にあった。椰子の実が漂着してきたように、原始日本人も稲をたずさえ、遠い故郷（中国大陸と柳田は考えていた）の岸を離れて我が列島に漂着してきたのではないか、そのように想像していくのである。故郷を出た原始日本人が海路を経て日本列島のどこかに――柳田は宮古島をその一つと考えている――たどり着き、さらには先着した人びとが次々と故郷の人たちを呼び寄せ、しだいにこの島に住み着いていったのではないかと述べるのである。風と潮によって決定される海路をたどり、流れ着いた岸辺が偶然宝貝の宝庫であった。柳田によれば中国の至宝は子安貝であり、それが利欲願望の中心であった。すなわち宝貝の魅力につかれ次々と人が大陸の故郷を離れるにいたったというのだ。

ここから、この稿の主題に即して二つのことを取り出してみたい。一つは日本人の帰心の向かう先はどこかということ。もう一つはこのような海上の道を推測する壮大な構想力を支える柳田國男の帰心の強さである。原始日本人にとって故郷は明瞭であった。したがって帰心の向かう先も明瞭であった。だが帰郷はたやすくなかった。帰心があるにもかかわらず、現実には帰郷がかなわず、たどり着いた島で死を迎えなければならない。このような矛盾を原始日本人はどう解決したのだろうか。

海上の霊地という解決点あるいは妥協点を探り出したのである。かつての故郷と新しい生活地の中間の海上に、死ねば行ける場所として、霊地の存在を想定したのである。かくて、何代かを経るうちしだいに原始日本人は土着化し、日本人になっていき、自分たちに故郷があったことなど忘れていく。故郷つまり中国大陸のどこかは外国になる。かわりに、ニライもしくはニルヤと呼ぶ海上の霊地が故郷となった。

柳田國男は「根の国の話」において、まず「みみらくの我日本の島ならばけふも御影にあはましものを」という歌を引き、この歌にあるミミラクという言葉について以下のような考察を行なっている。歌はミミラクという島へ行けば死んだ人の顔を見ることができるそうな、という伝説を踏まえている。ミミラクは海上にある空想上の島の名前である。

また柳田は、ミミラクと根の国を同一のものであったと述べている。根の国とは「亡き人の往って住むという此の世の外の隠れ里、恐らくは遥けさを意味する大昔の根の国であり、同時に神と祖先の今も住む本つ国」のことである。ただし根というのは地下ではなく、出発点とも中心点とも解すべきであると柳田は説明する。

ミミラクとニライの関係については、ミ音とニ音はしばしば交換されていた、ミミラクは原型のニーラがミーラに変化したものであり、したがってニライもしくはニルヤと呼ぶ海上の霊地と同一であると説くのである。そして、ニライもしくはニルヤはたぶんは根の国のネと、同じ言葉の次々の変化であろうと思うとも述べるのである。

私はぼんやりと根の国を地下にあるものと考えていた。だが、地下ではなく、海上にあると柳田はいうのだ。故郷という言葉のある種の臭味を吹き払うために、私はこのような海上にある空想上の故郷を重ねることにしている。

笑い顔

今考えてみると、お母さんは心の底から笑ったときというのは一回もなかったのではないかと思います。お母さんは、ほかの人と話をしていても、なかなか笑わなかったのですが、笑ったとしても、それは「泣くかわりに笑ったのだ」というような気が今になってします。それが、この死ぬ間際の笑い顔は、今までの笑い顔とはちがうような気がして頭にこびりついているのです。／ほんとうに心の底から笑ったことのない人、心の底から笑うことを知らなかった人、それは僕のお母さんです。

（江口江一「母の死とその後」、無着成恭編『山びこ学校』所収）

引用したのは一四歳（中学二年生）の少年が、母の三十五日の法要の前日に書き記した言葉だ。これほどつらい言葉にはめったに出遭えるものではない。鉛筆を握る指先から子どもの慟哭が聞こえてくるような気がする。同時にこのような子どもの眼差しのもとに死んでいった母親のあの世からの激しい嗚咽が聞こえてくるような気がしてならない。いまから四八年前の日本、一九五〇年の東北地方の山村、山形県南村山郡山元村での出来事である。

江一の母親は身体があまり丈夫ではなかった。だから自分の身体にはそれなりに注意を払ってきたのであった。にもかかわらず貧しさは、彼女から健康を奪っていった。江一の父親は昭和一五年に江一が六歳のときに亡くなっていた。江一の綴り方には「貧乏のどんぞこの中で胃かいようで苦しみながら死んでいったのです」とある。

以後、母親が一家の責任者として「どういうふうに生活をたててゆくか」「どういうふうにして税金をはらうか」「どういうふうにして米の配給をもらうか」という苦労を担ってきたのだった。江一の母親は「自分が死んだら家はどうなることか」ということばかりを考えていたという。

家には三段の畑と家屋敷があるだけだ。その三段の畑にへばりついて「お母さんは僕たちをなんとか一人前にしようと心配していたのです」と綴り方は書いている。そして、とうとう母は展望のない未来と、働いても働いても借金の増えていく生活とに疲れ果て、床に伏してしまった。祖母は口癖に「医者に行って見てもらってくるか、それとも医者をあげてよこすか」と言った。母は「ゼニがない」と答えた。「ゼニなど、ないといえばない、あるといえばある。医者にかからんなねときは畑なんかたたき売ってもかからんなねっだな」と祖母は言った。しかし、会話はいつもそれきりだった。

母は医者にも行かなかったし、祖母が畑を売るという話も具体化することもなかった。容態はずるずると悪化していった。やっと村の診療所に入院したときは、すでに手遅れであった。入院から二週間足らずで母は息を引き取ったのである。

ところで、冒頭の引用文のなかにある江一少年がいままでの笑い顔と違うような気がしたという母親の「死ぬまぎわの笑い顔」とはどんな笑い顔であったのだろうか。ここを問わずにはこの稿は成り立ちそうにない。

入院した母は「たきものはこんだか」「だいこんつけたか」「なっぱあらったか」と面会に行った江一にうわごとで問いかけている。ここを読むと、人は後ろ向きに死のなかに入ってゆくのだということがわかる。つまり、死ぬ間際まで顔を現世に向け、心配しても益もないことを思い煩いつつ死に赴いていくのだということが。

看取るものは、死にゆくものからそうした心残りや心配事を可能なかぎり取り除いてやらねばならない。かくして江一の肩にこれまで母親が担ってきた一家の責任者としての役割がぐっとのしかかってきた。

だが、やらねばならないことは山ほどあるのに、そのどのひとつをとっても子どもの彼の能力に余るものばかりだ。たとえば母親が心配している柴背負い（たきもの運び）である。柴背負い一つでさえ江一ひとりでは何日かかっても終わりそうにない。無力感に打ちひしがれているところへ村の人たちが手伝いにきてくれて、柴背負いの仕事を半日で終えることができたのだった。母の死ぬ前日のことである。

翌日の夜明け、村の診療所から母の危篤が伝えられた。みんなが集まっている枕元で江一は母親に柴背負いを村の人たちの助けで終えることができたと報告したのだった。そのときである。もう何にも言えなくなっている母親が、ただ「にこにこっ」と笑ったのである。江一は「そのときの笑い顔は僕が一生忘れられないだろうと思っています」と綴ったのである。

貧窮のなかで死んでいった母親が最後に子どもたちに見せた笑い顔は、心の底からの笑い顔だったのだろうか。江一はそうは述べていない。たんに「今までの笑い顔とちがうような気がした」と書いているだけである。私は江口江一氏に会って、泣くかわりの笑い顔と、そのときの笑い顔の違いを少し詳しく聞いてみたい気がしたのだった。

3

老いのエナジー

妙な本を読んでしまった。エッセイとしてはそれほど上出来のものではない。文体もやわだ。それに意図的に笑いを取ろうとしている。つまり、無理におかしさを狙った努力のあとが見える。にもかかわらず、妙な本を読んでしまったという印象は拭えないのだ。『老人力』という本のことである。いらい老人力という言葉がまといついて離れようとしない。

老人力とは具体的には心身の老化現象のことである。この本の著者は老化というかわりに老人力がついてきたという言い方をする。老人力は、老人に残された力のことではない。著者（たち）が発見した新しいエネルギー概念である。老化のはじまり、老化のプロセスおよび老化現象は、実は老人力というエネルギーのはたらきが生み出しているのだというのである。

これまで私たちは、記憶力が弱まる、足腰が弱まるというように、それ以前の状態ないいし能力を基準にして現在の能力を測定してきた。どんなに努力しても取り戻せない心身の衰えを指して老化と呼んできた。それゆえ、いつの間にかその人に残された力を測り、その残された力を見て、その人を有用か無用かを判断することになれてしまっていた。耄碌やボケは心の老化現象としてこれまで恐れられ、忌み嫌われてきたのは当然であった。著者は老いに対するそのような否定的な見方を肯定性へと一八〇度の転倒をしてみせた。老人力がついてきたというように、である。

「ずいぶん耄碌したな」「ボケたな」という言葉は、実際に耄碌やボケに悩んでいる本人や家族に面と向かって使えるものではない。しかし、老人力という言葉が一般化すれば、そうした直言が可能になるかも知れない。すると、小津安二郎のつくった映画の世界が現代によみがえったような奇妙な雰囲気が醸し出されてくるに違いない。次のような会話がやがて交わされるようになるのではないだろうか。

「あなた、このごろかなり老人力がついてきましたな。素晴らしい」

「いや、おそれいります。でもあなたのまえではまだひよっこです」

老人力の本質は「テキトー」ということ、反努力のエネルギーのことだと著者はいう。怠ける力というより努力しない力。たとえば眠ること、忘れることは努力によっては獲得できない。逆に反努力によって眠ることができるのだし、忘れることができるのであると主張する。足腰が弱るといった物理的な現象だけではない、感覚的にも融通無碍になっていく、自由になっていく。見栄も体裁もないところに老人力は人を導いていく。

著者によると、老人力とは眠る能力のことである。この置き換えはなかなか見事であると思う。老人力エネルギーは共通してあらゆる能力を眠らせるように作用するのである。記憶力が眠ってきた、足腰の力が眠ってきた。だとすれば死もまた眠る能力の結果であり、老人力エネルギーのもたらすものということになるだろう。

「でも、老人力で踏み込む世界というのは次から次、死ぬまで未知の局面が現れてくるということでもあって、けっこう新鮮な思いができるんじゃないかって気がする。臨死体験じゃないけど、ヘタすれば死んでからも楽しいんじゃないか、なんて考えたりしてね。老人力の極大は死んじゃうことだから、老人力を百パーセント発揮して、この世のことはすべて忘れてしまうという（笑）」（赤瀬川原平著『老人力』筑摩書房）。

老人力という言葉の底に死を不可避的に見つめているものの深い諦念があるのを感受することができる。そのせいだろうか、この箇所を読んだとき自然に親鸞の言葉を思い出した。老人力は自己統御を超えた力であり、エネルギーである。それゆえに他力といえる。浄土真宗の思想に重ねてみたい気持ちがしきりにするのである。

「『思・不思』というのは、思議の法（思）は聖道自力の門における八万四千の諸善であり、不思というのは浄土の教えが不可思議の教法であることをいっている。こういうように記した。よく知っている人にたずねて下さい。また詳しくはこの文では述べることもできません。わたしは眼も見えなくなりました。何ごともみな忘れてしまいましたうえに、人にはっきりと義解を施すべき柄でもありません。詳しいことは、よく浄土門の学者にたずねられたらよいでしょう」（親鸞『末燈鈔』吉本隆明訳）

ご承知のとおり親鸞は「思」（＝自力）を捨て、「不思」（＝他力）を自己の思想として選びとった。だから善人（＝浄土に行けるようにと、もろもろのつまり八万四千の善行を行なう人）なをもて往生を就ぐ、いわんや悪人をやと言ったのである。さて右の引用箇所について吉本隆明は「眼もみえなくなった、何ごとも忘れてしまった、と親鸞がいうとき、老もうして痴愚になってしまったじぶんの老いぼれた姿を、そのまま知らせたかったにちがいない。だが、読むものは、本願他力の思想の果てまで歩いていった思想の恐ろしさと逆説を、こういう言葉にみてしまうのをどうすることもできない」と書いている。

赤瀬川原平と吉本隆明の説にしたがえば、親鸞は老人力エネルギーに心身をゆだねて果てまで歩き、かつそのことの思想的な意味を最初に自覚化した人であったのである。

秋の陽

手の届きそうなところを京成電車が通るので、その度に硝子がびりびり震えて、陽光まで揺れるように見えた。窓の下に内職の人形が何十打《ダース》も積んであったけれど、もう幾日も手をつけてないらしく、被せてある風呂敷にも、灰色に光るナイフの先にも埃が積もっていた。

間もなく母ちゃんが上がって来た。小母さんの枕元にうろ〳〵していた私達を「ほれ〳〵〳〵」と鶏をおうように隅へとどかして坐り込むと、光男を下ろしながら、

「おっ嗅、粥が出来たよ。そうっと起きて食って見るか。」

と言った。お内儀《かみ》さんは、腕の関節をピシといわせて、ゆっくり起き上がった。母ちゃんは、フワ〳〵湯気の上っている土鍋を蒲団の上に置いてやって、陽に背を向けて坐り直した。お内儀さんは、うす黄色く焦げたように汚れている襦袢の襟を合わせて、手をブルブルさせながら錫の剝げた匙を摑んだ。母ちゃんがじっと手許を見つめて、

「どうだ、味はあるか。我慢してうんと食え。」と言う。お内儀さんは、とろんとした目を伏せて、蛙のように尖った口を開けながら、透徹る白い粥をすすった。母ちゃんは食べる様子を目を細めて見守っていた。そして、「お前は何の病気になったたって、腹がでけえだけ割りが悪いよ」と、呟いた。お内儀さんは気持が悪そうに額の汗を襦袢で拭いて、「おれあな、今死んじゃ早えと思うんだ。」と、口を歪めた。「馬鹿、その位で死ぬもんかい。叩っ殺したて大丈夫な顔してるよ、まだ〳〵こんな坊主もいるのだもの、しっかりしなくちゃいけねえよ。もうはア来年の春にゃ治って、みんなしてそこの土手へ摘草にでも行くんだ。」

母ちゃんはニコ〳〵して言った。秋の陽が部屋いっぱいに壁の方まで鈍く射して、窓わくのうすい影が、お内儀さんの蒲団から、母ちゃんの背中にかけて、大きな格子形にひろがっていた。

（豊田正子「無縁仏」、『新編 綴方教室』岩波文庫）

貧しさが死と手を結んで、身重の女とお腹の赤ちゃんを向こうの世界に引きずりこんでいく直前の情景が、私たち自身あたかもその場に居合わせているような臨場感でもって描かれている。ただただ見事と唸るしかない。作者の豊田正子は一九二二年十一月一三日生まれ。この「無縁仏」は一九三九年から一九四〇年にかけて、つまり豊田が一七歳から一八歳にかけて雑誌『婦人公論』に連載されたものの一編である。これを作文（綴方）ということはできない。作文のレベルをはるかに超えている。しかしまた、純粋に小説ということもできないかも知れない。豊田正子はあったことを書いているからだ。正確な耳――正確に人の話した言葉や音を記憶する耳。触目の対象を造形的に抉り出し、それを記憶する眼。これらが豊田正子の文章の特徴である。

作品が扱っているのは豊田正子がまだ一〇に満たない頃の実話である。「私が八つになった時、町（須崎町）の区画整理が始まって、全部立退かなければならなくなった。それで、仲良くしていた靴屋とも、別れ〳〵になってしまったのである。私の家は立退料で向島の曳船通りに店を持った。／それから二年目の夏、行先の知れなかった靴屋の小父さんが、うす汚い身装りで訪ねて来た。相変らずの紅白の襞付の洋傘をさして、別れる時、父ちゃんが形見に作ってやったトタンの道具箱を下げていた」と書いている。

これだけの記述で、ある日ひょっこり顔を出した靴屋の小父さんの落魄した事態が鮮やかに伝わってくる。二年前に輪をかけた小父さんの落魄ぶりは、このままではにっちもさっちもいかなくなっている。不景気で仕事がない。妹の家に今はいるけれど、追い立てを食っている。それだけではない。お内儀《かみ》さんが身重で出産を十月に控えているのである。

なんとか九月までに家を借りたい、切羽詰まって正子の両親を以前のよしみで頼ってきたのである。家は幸い、知合いのペンキ屋の世話で、正子の家より六、七町荒川堤へよった京成電車沿線の二階建ての六畳を借りることができた。

こうしてお内儀《かみ》さんは、一人息子の清坊をつれて、四日に一度くらい大きなお腹をして、真っ青に腫んだ顔で遊びにくるようになる。ところが、帯などしめず、まるで寝間着のようにに紐一本で、ずるずるしただらしない格好をしている。いかにも具合いの悪そうなお内儀さんを、正子の母親は「腹がでけえのに、あんなだらしのねえ姿してて、仕様がねえな、あのおっ嬶は」と焦れったがるほど心配していた。だが十月に入るとそのお内儀さんの容体が急に悪化し、寝込んでしまったのである。引用した文章は、正子の母親がお内儀さんを見舞いに行った場面である。行ってみると、彼女は大儀そうに寝ていた。

「埃のついた素通しの硝子窓から、チカ〳〵陽が射込んでお内儀さんのうすい頭の地肌が透徹って見えた。清坊も、いつもの帽子を被って枕元で内職のセルロイド人形をいじっていたが、私達が行ってもうす黙って口を利かなかった。部屋の中は何もない。ただ小父さんの垢じみた夏シャツが、隅のサビ釘にぶら下がっていた」

こういう状況下で母親は懸命にお粥を作り始めたのだ。だが死に行く本人さえ早いと思う死の到来を、もはや誰も阻止することはできなかったのである。

意志でもなく、諦念でもなく

人間の覚悟の思想というのには、大きくとらえると二つの流儀があるように思われる。一つは意志がつくるものであり、それは自分がいったんこう決めたなら、何があっても自己を変えない、その決定を覆さず、貫き通す覚悟というふうに表わされる。もう一つはあらゆる事態を受け入れるという態度が生み出すものである。決定するのは自分ではない、状況である。あるいは運命である。徹底して運命や状況に自己をゆだねるという姿勢、これを諦念という。それをもまた、覚悟という言葉で私たちが呼びならわしている範疇に入るのではないだろうか。

意志と諦念。これが覚悟という思想の両端にある物事への心的な構えである、そう言ってみる。

覚悟ということをめぐり心を揺さぶってくるような深い記述に出会った。親鸞の『消息集』のなかの一文である。厳密には親鸞の手になるものではなく、慶信の手紙に対する返書を親鸞のかたわらにいた弟子の蓮位が代筆したものである。蓮位は代筆した手紙を間違いがあってはいけないからと親鸞の前で読み上げた。それに対し親鸞は、自分が書いてもこれ以上よくは書けない、結構ですと言った。ことに覚信房のところは涙を流したと蓮位は返書の末尾に添え書きしている。つまり、蓮位は慶信にこの返書は自分が書いたけれど、内容は親鸞聖人のものだと断っておきたかったのだ。だが同時に、蓮位の添え書きは思いがけず涙を流す親鸞という、親鸞の生な姿をも伝えることにもなった。以下に親鸞が涙を流したという蓮位の手紙の「覚信房の事」を記した部分を抜き書いてみる。

　ところで覚信房の事はことに哀れにもまた尊く思われます。そのわけは、信心をあやまつことなく、なくなられたからであります。（中略）上洛の途次、郷里を発って、ひといちという所に来たとき、病み出し、信仰を共にする人たちは郷里へ帰りなさいなどと申しましたけれども、「死ぬほどの病気なら、帰っても死に、ここにとどまっても死ぬでしょう、また病気がなおるなら、帰ってもなおり、とどまってもなおるでしょう、同じことならば、聖人のみ下《もと》でこそ、死ぬものなら死にたいと思って参ったのです」とお話しになりました。このご信心は誠にめでたく思われます。善導和尚の注釈にある二河白道の喩えに思いあわせられて、世にめでたく思われ、うらやましいことであります。

（『消息集』石田瑞麿訳）

二河白道《にがびゃくどう》の喩えとは次のようなものである。たとえば西に向かって百・千里のかなたに行こうとしている人のまえに、忽然と二つの河が広がった。一つは火の河で進もうとする南側にあり、もう一つは水の河で北側にある。ちょうどその中間に東から西へ幅四、五寸の白い道がある。西へ行くにはその道しかないが、その狭い道には瞬時もやむことなく火の河の火が燃え上がって道を焼き、水の河の水が波浪となって打ち寄せている。振り返ると後ろからは盗賊や猛獣が群れをなして迫ってくる。引き返すに引き返せない。その人はこう思った。南に行っても北へ行っても死ぬだろう。またここに止まっても、道をとって返しても死ぬだろう。白い道を西へ向かっても死は免れない。どちらへ行っても死ぬのなら、この道を西へと進もうと（『教行信証』）。

東は火宅（現実世界の迷いの姿）を、火の河は怒りを、水の河はむさぼりを、西方は極楽浄土をたとえたものである。東から西へと向かう白い道はそうした煩悩のなかにあって、人をしてよく浄土に生まれたいと願う清浄な心を起こさせることにたとえたものだと説明されている。

手紙にある聖人《しょうにん》とは親鸞のことである。覚信房は親鸞のより近くで死にたいと思い、上洛へ――西へ――と道をとった。親鸞は二河白道の喩えにおける西方ということになるだろう。その意味で「覚信房の事」と、この二河白道の喩えは話としては瓜二つである。けれど二河白道の喩えと覚信房の事は比較不能である。二河白道の喩えは、あくまでたとえであり、信へと人を導くためのものだからである。つまり考え方、理念にすぎない。

他方、「覚信房の事」は人間の信の深さというものがどれほどの美しさ、輝きを見せるかを伝えている。覚信房の覚悟は意志でもなければ、諦念でもない。信そのものを生きていることの表われであるのだが、その覚悟は意志や情熱に自己をゆだねた烈しく殉教的なものでもなければ、状況や運命に向かって自己を投棄した諦念というのでもないのである。

右の消息文を繰り返し読んでいると、信へ向かって静かに自分を溶かし込んでいる像が見えてくる。それが他力ということであろうか、その溶かし込みのなかに死が包括されていくようなのだ。死が超えられたというのとも違う、覚信房の自己が超えられたということとも異なる。そうではなく信そのものによって覚信房が包括されたのだ。

親鸞が涙を流したのは、そのような信に包み込まれた覚信房の像に対してであった、そう推測したくなるのである。

偶発性

三島由紀夫の作品には死が描かれているものが多い。というより三島の精神の中枢を死が司っていたというべきだろう。そのため作品はしばしば独特な死の美学に彩られることになった。だが正直いってそういう作品は好みではない。生理が受けつけないのである。

私の読んだ範囲でそうした独特な三島美学から外れているため、かえって忘れ難いものになっているのが、短編「真夏の死」(昭和二七年発表)における死の描写である。安枝という「老嬢」(当時の適齢期はきわめて低かった)が心臓麻痺で倒れる場面だ。心臓麻痺という偶発的な死を死ぬのは、彼女が少しも三島由紀夫の精神の影響下にない人物、すなわち庶民として造形されているせいに相違ない。

安枝は、主人公生田朝子の夫勝の妹であり、彼らと同居している。朝子と勝のあいだには子どもが三人いる。二人目が生まれたとき、家事や子育てを手伝ってもらう目的で、夫と相談の上で朝子が安枝を郷里から呼び寄せたのだった。

作品はそれから五年後、伊豆半島のA海岸に避暑にきている生田家（仕事で同行できない勝をのぞく）五人のなんの変哲もない一日の午後からはじまる。朝子は宿の部屋で午睡、安枝は六歳の清雄、五歳の啓子、三歳の克雄を連れて浜にいた。安枝は胸のあたりまで水につかっている清雄と啓子にそれ以上深いところへ行ってはならないと戒め、砂浜の傘の下に坐って、子どもたちを見守っていた。

安枝は日光を怖れていた。自分の肩を見、水着の上にあらわれている胸を見た。その白さに故郷の雪を思い出した。胸の上辺をそっと爪先でつまんで見て、そのあたたかさに微笑んだ。爪がいくらか伸びていて、黒い砂を挟んでいるのに気づいた安枝は、今日かえったら爪を切らなければならないと思った。

清雄と啓子の姿がなかった。もう上ってしまったのかと安枝は思った。

陸を見ると、克雄が一人で立っている。克雄はこちらを指さして、異常な表情で顔を歪めている。

安枝はふいに劇しい動悸がした。足もとの水を見る。水は引いてゆき、二米ほどの先の泡立ちの中に、灰白色の小さな体がおし転がされてゆくのが見えた。清雄の紺のパンツが瞥見された。

安枝の動悸はいっそう劇しくなった。無言で、追いつめる人のような顔つきで、そちらへ進んだ。そのとき意外に近くまで砕けずに来た波が、立ちはだかって、彼女の目の先で崩れた。そしてその胸をまともに打った。安枝は波の中へ転倒した。心臓麻痺を起こしたのである。

この引用箇所は安枝の〈見る〉という行為に沿って書かれている。言い換えれば安枝の目の動きがとらえた信じがたい世界の動きが記述されている。同時にその動きに衝撃を受けた安枝の反応も記述されている。安枝の目はほんのわずかなあいだだけ、子どもたちから離れ、自分の身体へと向かった。これは太陽のせいだ。必ずしも彼女のナルシズムのせいではない。烈しい太陽にはほとんど憤怒があった、と作者は書いている。事件はそう言ってよければ、この烈しい太陽が起こしたのであった。だが安枝が「自分一人の安逸な世界」に没入していたとき、外界が急変していたことも確かなことである。

ここまで述べたところで、不意にある印象が襲ってきた。その印象を言葉にしてみれば、作者三島由紀夫は著しく倫理的であるということだ。ほんの少しだけ自分にかまけたことが生んだ空白の時間が外界に裂け目となって現われ、いままさに子どもたちを呑み込んでいこうとしている。こういう恐ろしい光景を安枝に目撃させる。ここを読むと作者は、安枝が「自分一人の安逸な世界」に遊んだことと子どもたちの溺死を因果関係として結びつけようとしている、そう思えてくる。その結びつけが安枝の心身では受けとめ切れないほどの強く大きな衝撃となったのだ。これを安枝はもろに心臓で受けとめてしまったのである。まるで神罰か天罰が安枝にくだったかのような感じがしないだろうか。

　このような倫理性が三島由紀夫の作品の特徴のような気がする。つねに世界を意志の統御のもとに置け、自己安逸に入り込もうとする気持ちと戦え、という考えである。新約聖書にゲッセマネという地でイエスが弟子たちに向かって目を覚ましていよ、と命じる場面がある。だが弟子たちは眠ってしまうのだ。これを見たイエスは「実《げ》に心は熱すれども肉体弱きなり」と言って、意志ではどうにもならない肉体の存在を人間の弱さとして、肯定するのである。対照的に三島はイエスのように肉体の恣意に寛容ではなかった。三島にとって、一瞬たりとも自己の安逸に耽ることは、世界の秩序の崩壊を意味していた。許されることではなかったのだ。それゆえに心臓麻痺という偶発的な死が、安枝の罪にふさわしい罰だと考えたのではないか。

　にもかかわらず、右に引用した文章に解放感をおぼえるのは、偶発性という、三島由紀夫の精神性を解体しかねないような思想をこの死がはらんでいるからなのである。

貴種流離

その昔、ある年のクリスマスの夜のこと。日本長崎の「さんた・るちや」という名の寺院の戸口に一人の少年が飢え疲れて倒れているのを信者が見つけ介抱した。

少年は年のころ一〇歳ばかり、憐れんだ宣教師が寺院に住むことを認めた。「ろおれんぞ」と呼ばれるようになった少年は、信徒たちに故郷はと問われれば「はらいそ」(天国)、父の名はと聞かれれば「でうす」(天主)などと答えた。自己の出自について少年はほんとうのことを知らないかのようであった。ただ異教徒ではないことは、その手首にかけた青玉の念珠から確かと思われた。「ろおれんぞ」は顔かたちが玉のように清らかで、声も女のようにやさしかった。信仰の堅固さは、長老衆が舌をまくほどのもので、天童の生まれ変わりであろうかなどと話して、どこのだれの子とも知らない彼を愛でた。

芥川龍之介の切支丹小説「奉教人の死」はおよそこのように説話風にはじまるのだが、「ろおれんぞ」の造形の仕方を見ると、この短編が一種の貴種流離譚であることが知れると思う。貴種である印は顔貌にも手首の青玉の念珠にも、また語る言葉にも現われている。出自が不明であるといった卑種性、流離性さえ「ろおれんぞ」の貴種性を強化しさえするのだ。ところが三年経ち元服の年齢がやってきた年、「ろおれんぞ」はふたたび卑種へ、流離へと追いたてられることになる。信徒である傘張の翁の娘が「ろおれんぞ」に一目惚れしたことがきっかけですぐ後に記すような噂が流れる、その噂の元は娘の虚偽の申し立てである。

こういう噂の通例として、「ろおれんぞ」の信仰の堅固さが築いてきた人々の支持はもろくも崩れていく。その過程を箇条書き的に記してみれば、次のようになる。

① 傘張の娘が「ろおれんぞ」に恋慕した。

② 「ろおれんぞ」は傘張の娘からつけぶみされ、返事を書いたという噂がたった。
(「ろおれんぞ」はたしかにつけぶみされたけれど返事は書いていない)

③ 傘張の娘が孕った。傘張の娘は父親に「ろおれんぞ」の種を宿したと打ち明けた。
(娘が孕ったことは事実だ。けれど「ろおれんぞ」の種ではない)

④ 親は娘から聞かされたとおりに「ろおれんぞ」の所業を教会に訴えた。幹部会議が開かれ「ろおれんぞ」の放逐が決議された。兄と慕う「しめおん」もこの訴えを信じた。

⑤「ろおれんぞ」は言い訳け一つせず、町外れの非人小屋に乞食となって移り住んだ。

（流離はここに完成する）

この後、傘張の娘は女の子を出産し、一年があっという間にすぎたと作者は書く。そして流離の底からふたたび「ろおれんぞ」の貴種性が顕現する機会がやってくる。長崎に大火が発生する。火勢は傘張の娘の家にもおよんだ。親たちは自分が逃げるのに必死で、子どもを部屋に寝かせたままであったことを忘れていた。そのことに気づいたときは、すでに猛火が家を包んでおり、近づくことさえできなくなっていた。狂乱状態の家人をまえに、人々はなす術を知らない。そのとき「御主、助け給え」と叫び、火の中に飛び込んで行った者があった。「ろおれんぞ」である。それを見た人びとは、さすが親子の情は争われぬもの、己が身の罪を恥じて、このあたりへは影も見せなんだが、いまこそわが子の命を救おうと火の中へ入っていったのだと罵りかわしたのだった。

「ろおれんぞ」は奇跡的に子どもを助け出した後、死ぬ。だが、これが結末ではなかった。「ろおれんぞ」の死を契機に意外なことが継起する。まず娘がついにたまらずに真実を告白した。子どもの父は「ろおれんぞ」ではない。「ろおれんぞ」を恋するあまり、彼の種と偽ったのだ。それなのに「ろおれんぞ」は、私を責めることも、抗弁することもせず、放逐を受け入れ、それればかりか死を賭してわが子を救ってくれたと。懺悔を聞いた信徒たちのあいだから「まるちり」（殉教）だという声が上がる。イエス・キリストと同様、彼は罪人を憐れむ気持ちから、乞食にまで身を落とした。宣教師も兄弟信徒たちもその心を知らなかった。これが殉教でなくて何であろうというのだった。だが、作者芥川龍之助は「れおれんぞ」の復権でもって話をしめくくらなかった。この反転の先に作者は意外なクライマックスを用意したのである。

「見られい。『しめおん』。見られい。傘張の翁。御主『ぜす・きりしと』の御血潮よりも赤い、火の光を一身に浴びて、声もなく『さんた・るちや』の門に横はつた、いみじくも美しい少年の胸には、焦げ破れた衣のひまから、清らかな二つの乳房が、玉のやうに露れて居るではないか。今は焼けただれた面輪《おもわ》にも、自らなやさしさは、隠れようすべもあるまじい。おう、『ろおれんぞ』は女ぢや。『ろおれんぞ』は女ぢや。見られい。猛火を後にして、垣のやうに佇んでゐる奉教人衆。邪淫の戒を破つたに由つて『さんた・るちや』を逐はれた『ろおれんぞ』は、傘張の娘と同じ、眼なざしのあでやかなこの國の女ぢや」（「奉教人の死」）

作者が書こうとしたのは、貴種を演じつづけることの苦しさに加え、女であるのに女としてあることを隠し、表面に男を皮膚のように着込んでしまった「ろおれんぞ」の、そのような二重の偽りの自己からの解放の物語であったのである。

不在の家鴨

一七歳の主人公ホールデン・コールフィールドは、四年前の一三歳のときに二歳年下の弟のアリーを白血病で失った。その喪失感から立ち直れないまま、四つ目の高校（ペンシルヴァニアにある）を放校になり、家族の住むニューヨークに戻ってくる。その二週間のホールデンを、ホールデン自身が内側から語るという方法によって克明に描き出したのがJ・D・サリンジャーの『ライ麦畑でつかまえて』（野崎孝訳、白水社）である。

この作品はまた、主人公のホールデンの言動が、対象喪失のもたらすメランコリーという精神病理学的な病像を示しているという点でも興味深いものがある。作品の最後になってホールデンが病院に入院し精神分析を受けていることが明かされるのだけれど、読者はそのときまでにホールデンの気持ちや気分の動きに激しい共感とともに同調してしまっているため、その状態が少しも異様には映らない。それどころか若い人たちには現在を生きる自分たちの内面をそっくりそのままなぞったものに思えているのではないか。

ホールデンにはすでに退院後の新しい学校が決まっている。四つの高校を退学しているのに、ホールデンの不登校気分は無視され、親や、社会の意向を代表している精神科医にまだ学校に行くことを期待されている。それがもたらす鬱々とした心身の状況。この作品が刊行されたのが一九五一年であったということが信じられない。

作品の中で「不在の家鴨」というテーマが三度、現われる。三度も繰り返されるとさすがに何だろうこれは、何の喩えになっているのだろうと考えてしまう。ホールデンのメランコリーを象徴していることは間違いない。ニューヨークのセントラルパークの池にいる家鴨たちは、冬に池が凍ってしまったらどこへ行くのか？　これが「不在の家鴨」のテーマである。この謎のようなテーマがホールデンを最初に訪れたのは、放校になった高校の歴史を教える老教師スペンサー先生と会話しているときである。スペンサー先生はホールデンに落第点をつけた一人であり、そのことを気にかけている。そこでホールデンは自分が先生の立場でもやはり同じことをしたであろう、教師というのはつらい職業であるなどと先生相手に与太をとばすのだが、その最中に頭の中に浮かんできたのである。

二度目はニューヨークのタクシー運転手なら家鴨の行方を知っているかもしれないと思って、尋ねる。セントラルパークの池で泳いでいる家鴨は冬にはどこへ行くか知らないかな。誰かがトラックでどこかに運ぶのだろうか、それともどっかへ飛んで行くのだろうかと。答えは得られない。三度目は実際にセントラルパークの池（潟）に足を運び、自分自身の眼で確かめるのである。ホールデンは半分は凍って、半分は凍っていない湖の周りを回ってみる。だが家鴨の姿は一羽も見当たらない。

「不在の家鴨」とは、死んだ弟アリーの喩えであると考えてほぼ間違いない。ホールデンにはまだ弟の死が納得できないのだ。いやもっと根が深い気がする。弟の死に自分は責任があるのではないかと思っているふしがある。それを感じたのは一〇歳の妹フィービーとの会話の箇所を読んだときである。いったいお兄ちゃんには世の中に起こることが何もかもいやなんでしょう、いやなものだらけなんだと妹に問い詰められ、ホールデンは憂鬱になってそうではないと否定するのだけれど、それでは好きなことを一つでもいいから言ってごらんなさいと追い打ちをかけられる。そしてようやくホールデンは答えを見つける。

「とにかくね、僕にはね、広いライ麦の畑やなんかがあってさ、そこで小さな子供たちが、みんなでなんかのゲームをしているとこが目に見えるんだよ。何千という子供たちがいるんだ。そしてあたりには誰もいない――誰もって大人はだよ――僕のほかにはね。で、僕はあぶない崖のふちに立ってるんだ。僕のやる仕事はね、誰でも崖から転がり落ちそうになったら、その子をつかまえることなんだ――つまり、子供たちは走ってるときにどこを通ってるかなんて見やしないだろう。そんなときに僕は、どっかからか、さっととび出して行って、その子をつかまえてやらなきゃならないんだ。一日じゅう、それだけをやればいいんだな。ライ麦畑のつかまえ役、そういったものになりたいんだよ。馬鹿げていることは知っているよ。でも、ほんとになりたいものといったら、それしかないね。馬鹿げていることは知ってるけどさ」

ここは何度読んでも感動してしまう。この感動を突き詰めていくと、どうやらホールデンの罪責感に行き当たるように思える。

ホールデンは死んだ弟は天才であったということをしきりに語っている。また兄も頭がよく妹も利発で、自分だけが出来が悪いということも語っている。こういう自己評価の低さと罪責感とは無関係ではない。罪責感とは具体的には、ことによったら弟を死なせてしまったのは自分かも知れないという感情である。なぜ弟が死に自分は生きているのだろうという答えの見つからない疑問にとらえられているのではないか。そのような罪悪感が作用してメランコリーをつくっているのではないかと考えたくなる。だとすればライ麦畑のつかまえ役になりたいという妹への答えは、ホールデンの心からの唯一のなりたいものと理解していいことになる。ライ麦畑で遊ぶたくさんの子供たちは死んだ弟の像と重なっている。彼らをそっと危険から守ることが罪責感の償いとなる。言い換えれば今度は弟を死なせないという静かな決意としてこの箇所は表出されていたことを私たちは知るのである。

マーシトロン

彼女は開いていたサイドドアから自力でヴァンに入り、洗いたてのシーツの被せられた車内のベッドに、服を着たまま横たわった。そしてその頭を、清潔な枕に心地よく沈めた。クルマの窓には、新しいカーテンを掛けておいた。ジャネットの許可を得て、私は彼女のナイロンのストッキングの足首のところに小さな穴をあけた。そして足首と手首にECGの電極を取り付けた後、彼女の身体に軽い毛布を掛けた。会話はほとんどなかった。ジャネットの希望で、フローラはキャロル（ジャネットの親友）からの短い手紙を読んで聞かせ、それからみんなで主の祈りを唱えた。私はもう一度、この装置の作動法をジャネットに説明し、その動作をやってみるように依頼した。姉〈キヴォーキアンの〉や私とは対照的に、ジャネットは落ち着き払って、表面上は非常にリラックスしていた。（中略）

ついにその時が来た。ジャネットが頷くのを見て、私はECGのスイッチを入れ、

「今だ」と言った。ジャネットは掌の端でマーシトロンのスイッチに触れた。十秒ほどで、彼女は瞬きを始め、伏し目がちになった。彼女は私を見て言った。「ありがとう。ありがとう」。彼女が目を閉じるのを見て、私は「良い旅を」と答えた。彼女は意識を失い、数分後に長い間を置いて二回ほど静かに咳をした以外は、全く動かなくなった。六分後、ＥＣＧに死線期複合パターンが現われ、血液循環の完全な停止による死が告げられた。

（ジャック・キヴォーキアン著『死を処方する』松田和也訳、青土社）

マーシトロンは自殺装置である。慈悲を意味する mercy と装置を意味する tron の合成語ではないかと訳者は述べている。マーシトロンを発明したのはジャック・キヴォーキアン、右の引用文のなかの「私」である。

マーシトロンは以下のようにして使用される。まずキヴォーキアンが患者の静脈穿刺を行ない、通常の食塩水を点滴する。その後、やはりキヴォーキアンが心臓の動きをモニターするための装置（ＥＣＧ）を作動させる。ここまでがキヴォーキアンの仕事であり、幇助の限界である。次に患者は、自分の好きな時間にスイッチを入れる。スイッチを入れるのは患者でなければならない。というのも注射を患者にするという行為は幇助を超えているとみなされ、謀殺の罪に問われるからだ。それゆえ注射はなんとしても患者自身が打つようにしなければならない。スイッチは指先に力が入らない人でも押せるように、非常に敏感に反応するよう工夫されている。

さてスイッチが入ると食塩水の点滴が止まり、同時に大量のチオペンタールが注入される。そのときタイマーも同時に作動を開始する。タイマーは六〇秒後に濃縮した塩化カリウム溶液が注入されるようセットされている。この手順によると、患者はまずチオペンタール溶液が注入された後二〇秒から三〇秒で深い昏睡状態に陥る。つづいて塩化カリウム溶液によって心臓の筋肉が数分のうちに麻痺する。その結果、患者は深い昏睡状態において無痛の心臓発作を起こす。ジャネットはこのような手続きを踏んで、キヴォーキアンの設計したとおりに装置を作動させて、願ったとおりに死を迎え入れることができたのだった。

キヴォーキアンは他の方法も探っている。致死の即効性という点ではシアン化合物が上であるけれど、その死に方は窒息とあまり変わらない。つまり苦痛がある。バルビツール剤による昏睡は間違いなく人道的である。しかし、投与量が問題で致死量を摂取するにはたくさんの丸薬やカプセルを飲みこまなければならない。そうなると衰弱のため飲み込めない人もでてくるだろう。そのように考えていくと、急速にして静穏かつ確実な方法は静脈注射しかないという結論に達する。こうしてマーシトロンが開発された。

キヴォーキアンにマーシトロンの使用を決意させたきっかけは、ジャネットの夫ロン・アドキンズからの電話であった。ロンは最愛の妻ジャネットが罹っているアルツハイマー病の進行状況について語った。実際に面談したジャネットは肉体的には末期状態ではなかったが、精神的にはすでにそうなっていた。彼女は完全に記憶を失ってしまう前に自ら命を断とうと決意していた。マーシトロンを使用しうるものは、ともかくありとあらゆる医学的可能性を試したうえで駄目だった者でなければならない。最初の候補者は、たとえば全身に転移してもはやなす術のないガン患者など、死がすぐそこまで迫っている人である。キヴォーキアンの立てたこのような条件をジャネットは精神面において充たしていた。

ジャネットが自らの意思でマーシトロンのスイッチに触れた日は、一九九〇年六月四日である。場所はミシガン州オークランド郡北部のグローブランド・パークのキャンプ地。キヴォーキアン所有のキャンピング・カー（ヴァン）の中であった。またジャネットはマーシトロンを使って自殺した最初の人であり、以後一九九八年までキヴォーキアンは、一二〇人を超える人たちの死を幇助することになるのだが、その最初の幇助対象者でもあった。

ついでに記しておけば一九九九年四月、キヴォーキアンが九七年九月に行なった自殺幇助が殺人罪に問われ、一〇年から二五年という不定期の禁固刑が下ったと報じられたのだった。キヴォーキアンはすでに七〇歳である。

パラダイス

マルコ、マタイ、ルカ、ヨハネ四人の作者によるイエスの伝記は、一様に死の予感に打ち震えるイエスという場面を描いている。

彼らゲッセマネと名づくる處に到りし時、イエス弟子たちに言ひ給ふ「わが祈る間、ここに坐せよ」斯くてペテロ、ヤコブ、ヨハネを伴ひゆき、甚《いた》く驚き、かつ悲しみ出でて言ひ給ふ、「わが心いたく憂ひて死ぬばかりなり、汝ら此処に留まりて目を覚ましておれ」少し進みゆきて、地に平伏《ひれふ》し、若しも得べくば此の時の己より過ぎ往かんことを祈りていひ給ふ、「アバ父よ、父には能《あた》はぬ事なし、此の酒杯《さかづき》を我より取り去り給へ。されど我が意のままを成さんとにあらず、御意《みこころ》のままを成し給へ」

(『マルコ伝』一四章。以下伝記の引用はすべて『改訳 新約聖書』一九四五年による)

『マタイ伝』(二六章)の記述もほぼ同じである。イエスは弟子たちとともにゲッセマネにやってきて弟子たちに、私があの場所にいって祈っているあいだここに坐っていなさいと言った。この後に次のような記述が続く。

「斯くてペテロとゼベダイの子二人とを伴ひゆき、憂ひ悲しみ出でて言ひ給ふ、『わが心いたく憂ひて死ぬばかりなり。汝ら此処に止まりて我と共に目を覚ましをれ』少し進みゆきて、平伏し祈りて言ひ給ふ、『わが父よ、もし得べくば此の酒杯を我より取り去らせ給へ。されど我が意の儘にとはあらず、御意のままに為し給へ』」

ここでいう酒杯は毒杯であり、地上の秩序による刑罰としての死の譬喩である。間もなく殺されることが動かしがたくなったときの、イエスの深い抑鬱のなかからのうめきのような言葉である。死にたくない、エゴで言っているのではない。けれど死が父よ、あなたの意思であるならばそれを受け入れようとイエスは言った、そう書かれているのだ。

さて、マルコは「甚く驚き、かつ悲しみ出でて」と書く。マタイはあっさり「憂ひ悲しみ出でて」と記述している。両者のこの微妙な差に立ち止まってみたい。マルコは、突然ぎくっとしたイエスを伝えている。つまり間もなく殺されることを突然悟らされたイエスが重い抑鬱状態にとらえられていくさまを伝えようとしている。マタイのほうは、抑鬱状態はイエスのなかで少しずつ醸成されてきたものだという認識を示しているように思える。

ユダヤ全土に支持者の増えないうちに反逆者としてイエスを捕らえ、殺してしまおうとする秩序の側の企みが急速にリアルな様相を帯びはじめてきている事態が背景にあるからだ。

以前私は、『マタイ伝』の記述のほうに自然さを感じていた。実際イエスは自分の命が狙われていることを知って、弟子たちにさまざまなことを言い置こうとしている。それなのに弟子たちはイエスと危機意識をちっとも共有しようとしない。イエスが憂鬱になるのも無理はない、そう考えたのだった。だがいまは『マルコ伝』の記述にほんとうのものを感じる。イエスは、間違いなく殺されるという直感に唐突に突き上げられ、ぎくっとした。同時に重い抑鬱に引き込まれた。それを辛うじて「わが心いたく憂ひて死ぬばかりなり」という言葉に表出したのだ、そのように考えるようになった。

『ルカ伝』『ヨハネ伝』はどうか。これらには「わが心いたく憂ひて死ぬばかりなり」というイエスの言葉は記録されていない。ヨハネは「父の我に賜ひたる酒杯は、われ飲まざらんや」と記し、すすんで毒杯を仰ごうとしたイエスの堂々とした姿を伝えている（一八章）。けれど、こうした記述には感動しない。マルコやマタイに比べ、他の二つがつまらなく思える理由の一つがこういうところにある。

『マルコ伝』『マタイ伝』は、二人の強盗がイエスの左右に同時に十字架につけられたとしている。そして二人とも神の子ならば自分を救え、十字架より下りてみよと罵ったと書いている。『ヨハネ伝』は二人の者がイエスの左右に同時に十字架につけられたと書いているだけである。ところが『ルカ伝』だけは異なる記述をしているのである。

十字架にかけられた悪人の一人は、イエスを誹謗して言った。「あんたはキリストだろう、あんたと俺たちを救ってくれ」と。もう一人が男をたしなめて言った。「こうなったのも神を怖れなかったためなのに、おまえはまだそんなことを言っているのか。俺たちが死刑になるのは、やったことを考えれば当然だ。だがこの人は何もしてないんだ」。そしてこう続ける。「『イエスよ、御国に入り給ふとき、我を憶《おぼ》えたまへ』イエス言ひ給ふ『われ誠に汝に告ぐ、今日なんぢと我と偕《とも》にパラダイスに在るべし』」（二三章）。

三人の伝記作者がなにも記していないのだから、『ルカ伝』のこの箇所の記述は信憑性が薄いということになるのだろうが、「今日、おまえと私とはいっしょにきっとパラダイスにいることだろう」というイエスの言葉にはちょっとぞくっとくるものがある。

マルコの伝えるイエスの死の光景はこうである。

昼の一二時、空は真っ暗になった。三時にイエスは大声で神を呼び、わが神、どうして私を見棄てた（エロイ、エロイ、ラマ、サバクタニ）と訴えた。この声を聞いた人が、神がきて、彼を十字架から下ろすかも知れないと思い、海綿に葡萄酒を含ませて葦の先につけ、イエスに飲ませた。けれどイエスは最後に大声を出したきり、息絶えたのだった。

「病苦は堪え難し」

文芸評論家の江藤淳が自殺したのは六六歳のときだった（一九九九年七月二一日）。浴槽に湯をはり、その中で左手首を包丁で切ったのだという。遺書があるところからすると発作的な行動ではなかったに違いない。報道ではためらい傷が数本ついていたともいわれている。すごい死に方をするなと思った。けれど、すぐに死因は失血死ではなく水死であることがわかった。「浴槽中に前のめりに倒れ込んでおり、脇には包丁があった。手首と首筋に細い傷跡があったが、血はほとんど流れていなかった」と週刊誌が報じていた。

睡眠薬でも飲んで浴槽に入ったのだろうか、それとも包丁で自分の身体を自分で傷つけたことのショックで気を失い、そのまま浴槽に前のめりに倒れ込んだのだろうか、どちらなのだろう。こんな不埒な推測をしてみたのも、意識が正常な状態で顔を水につけて自力で窒息死にもっていくことは、刃物で大動脈を断ち切るという行為に匹敵するくらい劇しい行為だからだ。

「不必要な苦痛を味わずに、静かに眠るがごとく逝きたい」これは、長年連れ添った半身をガンで亡くすまでの約一年を綴った亡妻記「妻と私」(『文藝春秋』一九九九年五月号)にある言葉だ。この箇所は治癒不能でかつ死にいたる病気であれば、余計な治療をしないで臨終を迎えたいという文脈で書かれたものだが、ここを読むかぎり自殺するにしても激烈な手段を選ぶようにはとうてい想像できないだろう。その意味で先のように推測してみたのだった。

さて、江藤淳は次のような簡潔な遺書を四通残した。

①「心身の不自由が進み、病苦は堪え難し。去る六月十日、脳梗塞の発作に遭いし以来の江藤淳は、形骸に過ぎず。自ら処決して形骸を断ずる所以なり。乞う、諸君よ、これを諒とせられよ。　平成十一年七月二十一日　江藤淳」

②「前略、同封の小切手を今月分と××さん(大工さん)の支払いに当てて下さい。本当にいろいろとお世話になりました。さようなら　江藤淳」(庭師のSさん宛)

③「前略、短い間でしたが、大変お世話になりました。御礼を同封します。さようなら　江藤淳」(Tさん宛。Tさんは住み込みのお手伝いさんとして死の三日前より働きはじめた人)

④　前略、これ以上皆に迷惑をおかけするわけにはいかないので、慶子の所へ行くこと

にします。まことに申し訳ないけれどもあとをよろしくお願いします。葬儀はごく内輪に、遺骨は青山のお墓に納めて下さい。さようなら　江頭敦夫」（姪の紀子さん宛）

①が新聞に公表された遺書である。その後、他に三通の手紙が残されていたことがわかった。それが②以下である。これらを一読すると、江藤淳がそれぞれの「遺書」で自分を使い分けていたことがうかがわれる。順に気がついたことを記してみる。①と他の三通とは文体が違っている。①は擬古文体、それ以外は口語体である。この差は気になる。

①は純粋に文芸評論家としての江藤淳が書いたものである。「諸君よ」という呼びかけにあるように、はっきりと読者つまり不特定の他者ないし文芸評論家という職業でかかわりのあった関係者、ということは編集者、もの書きなどに向けられており、ここで意図的に用いられている擬古文体は、そういった人たちの中にある江藤淳の像に沿って選ばれたと考えていいだろう。江藤淳の自己意識は、このような文体が自殺というかたちで自己を「処決」するものの遺書にふさわしいとみなしたということだろうか。

この遺書での中核となる言葉は、「形骸」である。この場合の「形骸」は文芸評論家としての実質を回復不能なまでに喪失したというニュアンスがこめられている。同時に自己の現実を「形骸」と認識することには、極度の自尊心の強さを要するはずで、自死という選択はこの自尊心の強さに対応しているように思える。

②と③は一家を構える主《あるじ》としての意識が書いたものである。署名の江藤淳は文芸評論家としてのそれではなく、社会的通称である。家事を依頼したことに対する金銭面の処理を記したものだが、「本当にいろいろとお世話になりました」「短い間でしたが、大変お世話になりました」という言葉には事務処理を超えた心情がこもっているのが感じられる。ただし当然のことではあるが、宛名に書かれた人たちに対する弁明はなく、自殺の動機に触れる言葉は一つも残していない。

④は江頭敦夫という本名が署名されているように、親族の顔が主体である。ここでの「これ以上皆に迷惑をおかけするわけにはいかないので」という箇所は①における「形骸」に相当している。親族の世話を甘受できない。かといって世話を受けずに今後暮らしていくことはむずかしい。こうした矛盾を解決する方法の一つとして自殺がある。つまり江頭敦夫の自尊心の強さをここにも感じることができるのだ。もちろん妻の看病に全身全霊を使ってしまったことによる燃え尽き状態もあるだろう。文章は葬儀のことなどたんたんと依頼して、後に残る人への情緒的な反応を少しも示していないものになっている。後髪を引かれる人もいない。もうなにもかも面倒臭くなった、生きる意欲も喪失したということであろうか。

自然死には誕生と同様、理由はいらない。だが、自殺には理由がいるのである。

コーマ・ワーク

重篤な怪我や超高齢などによって回復不能な昏睡状態におちいっている人の気持ちを知り、その意志を明らかにすることはできるのだろうか。それ以前に、昏睡状態にある人に気持ちや意志などあるのだろうか。答えはどちらもイエスである。後者に関してはすでに膨大な臨死体験が報告されており、疑う余地はないとさえ言い得る。では前者、すなわち昏睡状態にある人とのコミュニケーションはどんなふうにして可能なのだろうか。

ジョンじいさんは八〇歳代の黒人男性。もう六カ月以上も昏睡状態のまま病院のベッドに横たわっていた。昏睡状態といっても静かなものではなく、時々うるさく叫んだり、ぶつぶつ何かを呟いたり、呻いたりしているのだった。このおじいさんにプロセス指向心理学の創始者アーノルド・ミンデルがコーマ・ワークを行なったのである。コーマ・ワークは、昏睡状態にある人に直接働きかけ、コミュニケーションをとる作業である。

ミンデルは相手の身体のリズムに同調していくため、まず老人の脈拍や呼吸を確かめた。

それから自分の呼吸とリズムをジョンのそれと同調させた。そしてジョンの耳元で、彼の叫び、呻き、呟きをなぞるように叫び、呻き、呟いたのである。このようなはたらきかけを二〇分ほどしていると、それまで混沌としていたジョンの表出が意味を帯びてきたのである。イエス、ノーといった理解可能な単語を言い始めたのだ。

さらにミンデルは、ジョンの声の大きさ強さを真似つつ、同じ間合いでおじいさんの発した言葉を繰り返した。すると彼がゆっくりした口調で話しはじめたのである。

「おーめーえ……知ーとーっかー」

「知ーっとるって、俺がーかい」ミンデルが同じようにゆっくりと続けます。

「ふ、ふー」とジョンじいさん。

ミンデルも一緒に「ふ、ふー」

「そーうさー……でっかー……い……ふ、……ふーねが、……」

「ふ、ふー……ふねがー」

「そうか……」

「でかーい船だね」

「そうさ、……でっかーい……船が、やってくる」

「やってくる。じいさん、それに乗りてえかい？」

「いやー、あんた、俺は、俺はその船にゃ、乗らねえ」

「どうしてだい」

するとジョンじいさんは、咳をし痰を切るようにした後で、

「この船は……休暇のための船だ……俺は行けねえ。俺は朝八時に起きて、仕事に行かにゃー、いけねぇ」


（藤見幸雄著『痛みと身体の心理学』新潮社）

叫び、呻き、呟きは言葉以前の言葉である。意味を孕みながら、その意味が意味として（はっきりとした指示性として）表出される以前の原初の表出である。ミンデルは、まるで赤ちゃんを相手にしているかのように、ジョンの発する叫び、呻き、呟きを彼の耳元で彼がしたように繰り返した。つまりジョンの表出を全面肯定として受けとめようと試みたのだ。ジョンが明瞭な言語を発語するようになったのは、このように原初の表出が全面的に受けとめられたことによって、原初の表出欲求が満たされ、解体されたからに違いない。

引用から推測しうると思うが、ジョンが数カ月も逝くことを阻んでいるのは、ジョン自身の休暇と仕事との葛藤である。ジョンが穏やかに逝くためには、彼が自力でこの葛藤を解決することである。ミンデルのワークはそれを援助することである。ワークのポイント

は船である。ミンデルはジョンの目が何かを想像するような目になっているのを見て、誰が船を動かしているのか、見てくれないかと依頼する。

しばらくするとジョンは白目を剝きながら、この船には天使たちが乗っている、といいだした。天使だって⁉　とミンデルは興奮した。「じいさんボイラー室の方も見てくれないか」。ジョンはボイラー室にも天使がいることを発見した。「おーい、天使が船を動かしているぞー」。

天使の動かしているのは、死にゆく者を休暇の地へ送り届ける船である。ジョンはこの船に乗ってバハマへの休暇の旅にでようという気持ちに傾いていく。ジョンの葛藤が解決へ向かう、コーマ・ワークのクライマックス場面である。この後、ジョンが急に静かになって眠りはじめ、三〇分後に息を引き取ったと書かれている。

ところで生きているということは、〈生きているらしく生きていること〉でなければならない。ジョンのように、〈生きているらしく生きていない〉状態が長く続くことは望ましくない、そう強く思われる時代になってきた。延命医療との関係において、生命の質が深刻に問われはじめたのだ。

ミンデルのコーマ・ワークを考えるとき、そういう時代を私たちは生きているのだということを、同時に視野に入れておく必要があると思った。

流体とつきあう方法

恐怖はより強い恐怖によって相対化されうる。たとえば速度の恐怖はもっと高速を体験することによって突き抜けることができる。

ところで、高速体験を極限化してゆくと死と接する体験を得る場合がある。例として臨死体験者が共通に語る猛烈な高速でトンネルを抜ける体験を持ち出すことができよう。また逆に、高速体験は人びとを臨死体験に似た状態をもたらすことも知られている。レース中に事故死したF1レーサー、アイルトン・セナは確かに走行しているとき神を見たと語った。

恐怖はもっと強い恐怖によって相対化されうる。右の命題を、次のように書き換えてみる。恐怖に対処するもっとも有効な方法は、その恐怖に抵抗することではなく、自己をゆだねていくことである、と。この命題をめぐってセラピストでサーフィンコンサルタント・ディレクターの吉福伸逸が松岡正剛との対談で実に面白い話を披露している。

下の子どもが三、四歳のときに波打ち際でボディボードでよく遊んでいた。そのときぼくは難しいことは何一つ教えなかったんだけれども、ただ一つ、「何があっても抵抗したらダメ」ということだけ教えておいた。そうしたら彼は、すごく気持ちがいいらしくて、いたく気に入ってしまい、波の中でクルクル巻かれたりして遊ぶんですね。一種の無重力感覚に近いですから、まかせていれば大丈夫。どんなことがおこっていても、抵抗しないで自分を明け渡して、回ってしまえばうまくいく。これは人間の心理の基本だと思うんですよね。

その彼も十一歳にして、「ダディ、いままでに四回ぐらい、本当に死ぬかと思ったことがあった」と言うんですね。それが全部サーフィンをしていて、波に巻かれたときのことだったんです。抵抗したらダメということは知っているから抵抗はしないんだけど、いつまでたっても浮き上がってこられない。波が許してくれないんですね。それで息子に「そのときどう思った?」と聞いたら、「死ぬかと思ったけど、大丈夫だとも思った」と言ってましたね。すごくあやういギリギリのところで、息が欲しくて仕方がなくなるんだけど、ただ波にまかせていると、なぜかなんとなくうまくいくんです。大きな波のような流体とつき合うのは、それしかないんです。(吉福伸逸対談集『流体感覚』雲母書房)

「死ぬかと思った」という言葉は、自分を明け渡しても明け渡しても波がまだ許してくれない、このまま浮き上がってこられないかも知れないという感覚である。死の恐怖に襲われたということではないと思う。むしろ死の恐怖はなかったとさえ考えていいのではないか。

これにつづく「大丈夫だとも思った」という言葉がそのことを証している。これは、もうしばらく波に自分をゆだねておけばきっと波が許してくれるであろうという、波に対する経験上の信頼が揺らいでいない状態を伝えようとした言葉であろう。

もしこうした信頼感が少しでも揺らいでしまっていたら、死の恐怖にとらえられ、身体は防御の姿勢をとって、こわばってしまったに違いない。少年は波に抵抗しはじめ、激しく息を欲したであろう。息をほしがっていたら、彼は助からなかったろう。抵抗すればするほど、自然はその絶対的な相貌を露わにしてくるからだ。

だから抵抗してはいけない、ということは私だって頭ではよくわかっているつもりだ。だができそうにない。私のような高所恐怖症の人間は、ちょっとしたことで一瞬にして距離の感覚を喪失してしまう。そうなると一気に恐怖にわしづかみにされ、パニックに陥ってしまうのである。

たとえば海で泳いでいる私がいる。いくらかは泳げるので静かな波を掻いて沖へ向かう。とっくに足の立たないところにきている。そのときふと、ここは水深どのくらいだろう、と考えてしまう。こうなるといけない。にわかに恐怖が襲ってきてあわてだす。脱力状態が消え身体に力が入り、それまで快調だった泳ぎが崩れる。方向転換して必死に戻ろうとしはじめる。このときの形相が自分の目に浮かぶ。

私にはどこか絶対環境としての自然に対する不信感があるようなのだ。同時に畏怖も覚えるのだが、畏怖は不信感の裏返しの感情ではないかと思っている。距離のある場合、それは畏怖の対象の位置にとどまっている。そのまえで適度な脱力はできる。だが距離の感覚が失われたとたん、畏怖は不信に転じ、不信感は脅えに、そして恐怖へと変貌してゆく。

絶対環境としての自然に対する不信感の源は、死の恐怖ではない、私の自我が自力の生というあり方へと強く執着していることの現われである、自分ではそう納得している。だとすれば、自力の生というあり方への執着をどのように相対化していったらいいのだろう、私の老いに向けての課題がここにあると思っている。

4

やせた時間、太った時間

暴力

永遠論序説

能動の性、受動の性

不運

湯本典子さんのお母さん

同行

振動率

罰が下る

心と身体の対話

仕残したビジネス

自己同一性不全

やせた時間、太った時間

中沢けいの長編小説『豆畑の昼』（講談社）のなかに次のような記述がある。不気味というか、異様というべきか言葉を選びかねるけれど、困惑してしまったことは確かだ。読んで私は困惑したのである。

キノドクダとそんな気もするのは半分は他人ごとになっているせいだろうか。和子の時間が太る間に、夫だった人の時間は細っていった。身体を交える時の声が恐いと言い出した。それから、死んだ身体なら抱けるかもしれないとも言い出した。声は殺してやることもできるが、死んだ身体を抱かせろと言われても、これは困るのである。キノドクはキノドクであった。ある晩、抱き人形なら抱けるかと尋ねたら、その方が楽だという返事だった。それならば清潔だし、たぶん、死体のように腐ったりしないという意味だろうと彼女は解釈した。ほんとうのところは解からなかった。清潔だし手間が掛からないというのだ。清潔で手間が掛からないというのは美徳である。もっとも寝室でそれを言われた時には、ちっとも美徳であるとは思われなかった。（中略）それにしても、死体を抱きたいと言われたのには閉口した。オキノドクニと言うよりほかにないのだが、和子は今でも仕事のことしか頭になくなった男の話を聞くとその時のぞっとした感じを思い出すのだった。

この描写は、夫が妻とセックスレスの状態に陥ったときの、寝室での夫婦間のやりとりを、妻の側から回想的に描いたものである。夫は性欲がないのではない、またインポテンツなのでもない。にもかかわらず妻の生きた身体を抱けない。性における生身の妻の喘ぎ声が恐いと言っている。夫は妻の太った時間を、自分のやせ細った時間では受けとめきれないと言いたいのだ。これが困惑の正体である。

私たちが日常、人との関係において発する声は、生身の身体から直接出す声ではない。そのような源泉からの声はふだんはきつく封じている。自己の身体に衣裳をまとうように、人は声にも社会的衣服を着せているのだ。

声がそのような衣服を脱ぐ機会は、多くの場合、他人ではない間柄の人との関係においてである。他人ではない間柄の典型的な関係は夫婦ということになろう。

身体を交える時、声はその衣裳をかなぐり捨て、封じこめていた生身を鋭く露出させるのだが、夫婦という関係は、ある時期にいたるまで、そのような機会を繰り返しもつことによって親密さ、円滑さを維持している。

作品における夫は、そうした機会を拒み、生身の妻の声の表出を受けとめることができないと言い出したのだ。こうした事態は、二人のエロスの流露を確実に停滞させる。少なくとも妻の側に表出が受けとめられないことによる不満を蓄積させていく。

妻はそうした不満を「半分は他人ごと」というかたちでやりすごそうとする、「キノドクニ」。だが半分は解消されずに残ってしまう。それがこの場面の感情的な背景ということではないだろうか。

作者は「今でも仕事のことしか頭にない男の話を聞くとその時のぞっとした感じを思い出すのだった」と妻の内心に語らせている。仕事のことしか頭になくなった男というのは、生身の他者を迎え入れる空間を失ってしまった男のことである。他者を迎え入れる空間を失ってしまった人の時間はやせ細っていくしかないだろう。妻からみたとき、そのような夫は生きていないし、亡霊のようにしか感じられない。

関係の相対性のなかで、夫の時間がやせ細っていくのに比例して妻の時間は太っていく。それを誰も押し止どめることができない。

やせ細った時間の身体にはもはや、極限までやせ細った時間の身体しか耐えられない。すなわちエロスの流れがすでに停止し、かつエロスそのものも完全に枯渇してしまった身体にしか欲望を覚えることができないと主張している。永遠に停止したエロスの流れ、枯渇したエロスに支配された身体を、抱き人形のような物体にではなく人間に求めるとすれば、死体しかないだろう。その死体だけがやすらぎを与えてくれると夫は言っているのである。

他人ではない間柄に「他人ごと」という冷ややかな感情が入ってくるのは、どこにでもある夫婦の情景であるが、ここまで拡張されて見せられると、その不気味さに首筋をつかまれた感じがして、ぞっとするのである。

暴力

北野武（ビートたけし）の話はおもしろい。とりわけ渋谷陽一が聞き手となった「北野武、死を語る」というロングインタビューは圧倒的におもしろい。全編にキレる「たけし」がみなぎっており、いまにも、はにかみのある言葉が一転、血しぶきになって飛んできそうな感じにとらえられる。テーマはむろん、暴力。

「だからなんかね、絶対的な存在が死であってね。それを基盤として反対側に逃げてくとが生だという感じがしてしょうがないの。死は選べる。生きることは選べないというようなね。生きることなんか選べない、どうしてもね。いろんなことしても、生きられない奴はいるけど、死ぬ奴は平等に死ねるっていうかね。死のうと思えば、死ねるんだよ（笑）。それがね、圧倒的な力で死ってものがあるから、どうしても生きることを目指すんだけど、引き戻されるんだね、死というものに。それがなんでなんだかわかんない」（『北野武、死を語る」聞き手・渋谷陽一、『ＳＩＧＨＴ』創刊一九九九年秋）

北野武は、死は選べるけれど、生は選べないと言っている。当然のことを言っているだけである。私たちは生どころか身体も性も親も選べない。私たちの存在は根源的に受動性としてつくられているのだから。また死は平等であるという認識にも驚かない。さらに死という絶対的な存在から逃れようとする行為が生ではないかとも述べている箇所についても、ことさらにあげつらうほどのことでもないと思う。

北野武らしい凄みが表われているのはその先である。生きることを目指している自分を死は引き戻そうとすると語っている箇所だ。はたして死は北野武の生をどんなふうに引き戻すのだろうか。実はそれこそが北野武固有の暴力の問題なのである。

「キレるんだよね。で、俺、全然怖くないんだよ、ピストルでもナイフでも（中略）／全然怖くない。俺、ハイジャック遭っても全然平気で拳銃こうやっちゃう（手ではたく）感じがあるもん。（中略）／だから『行け！』って言ってる奴がいてね、こう、自分が、俺自身に『行け、行け』っつって。刺されるかもしれないなんて関係ないって。自分じゃないんだけどね。人形扱ってるみたいなとこあるよね」「前ひどいんだよ、肝臓悪くなってる時、『頭にきた、殺してやる！』って酒飲んでんの、『これでも食らえ！』って。俺なんだよ、それやられてんのは（笑）／（中略）『これでも食らえ！』って、自分の体なんだけど、誰がこれでも食らえっつってんのかわかんない時あるよね。ダメだよね」

「行け」と言ってる奴が死である。肝臓が悪い、節制しなければ肝硬変で死ぬという医者に対し「頭にきた、殺してやる」とわめいている奴が死である。

たんねんに読んでいくと、北野武の暴力は決して無関係な相手を不意打ちに攻撃するといったかたちで出現するのではなく、銃を突きつけてくるハイジャッカー、やくざ、肝臓病のように常に向こうからやってくる圧倒的な暴力、それも死の危険性がいっぱいの暴力に直面したとき、それに対する対抗暴力という形態をとっている。直面した死の危険性を逃れるのではなく、前へ突進するのだが、その突進する際に「キレるんだよね」と言っている。圧倒的な暴力に対して、それを上回る圧倒的な対抗暴力を爆発させるには、心的な飛躍を不可欠としているという意味であろうか。

キレるということは、自己規制の限界線があり、その自己規制の限界線を突破することだ。だが次に引用する言葉を前にすると、北野武の場合もうひとつ、自己規制の限界線そのものを徹底的に取り払いたいという衝動も同時に感じられるのである。つまり、キレたいという衝動を身体の最深部に埋め込んでいるように思われるのだ。

「子供ん時から大学ぐらいまで、やりたいことやった経験ないんだよね。うちのおふくろがすごい厳しいから、子供ん時の遊びは野球ぐらいでも隠れてやってたからね。マンガとかいっさいダメでしょ？　だから隠れて読むと」「あのね、ストレートな人っているじゃない？　素直に楽しんでる子とか、酒飲んで素直に喜んでるオヤジ。あれになれないの。常に引いちゃうの。子供の頃から、ワーッて笑ってるとおふくろが出てきて、『そんなことしててんじゃない、下品だ』ってやられるわけ。『これ美味い』って言うと『美味いまずい言うんじゃない！』ってやられるから、もう基本的な、思ったことを表現することに対する下品さっていうのを常に言われているわけ。美味いとかまずいとか、好きだとか嫌いだとか、楽しいとか、そんなことを顔に出したり口に出したりするんじゃない、ってのでずーっと来ちゃったから、そのイライラがすごいあって」

美味いまずい、好き嫌い、楽しい退屈といった感覚は原初の生の感覚であり、その原初の生の感覚を表出することを母親によって悪として規制されていた。生の感覚を規制されたものにとって罪悪感なく表出できるのは、死の感覚しかない。ここに浮かび上がっているのは、自己規制の限界線が母そのものであるということだ。母とは内部に埋め込まれたより深い〈自分〉である。破壊したいのは母であり、そのような母につくられた自分ではないのか。北野武の自己破壊としての暴力は、母という〈自分〉の壁の向こうにほんとうの〈自分〉があり、そこに触れたいという生の衝動を根底に隠し持っているのではないか。そのことをあらわに語ることを抑制しているところに北野武の含羞が表われているように思えるのである。

永遠論序説

どうやら身体と生命とは一体であるとともに相互に独立的であるらしいのだ。両者が独立的であるなら、個体の死をめぐって、生命の死とともに身体の死という観点がもう一つ必要なのではないだろうか。アーサー・カプラン著『生命の尊厳とはなにか』（久保儀明・楢崎靖人訳、青土社）にはそのような思考に誘われるケースがいくつか紹介されている。

一九九五年にペルーのアンデス山脈の標高六二〇〇メートルの山頂で、およそ五〇〇年前に生け贄として殺害されたと思われる少女のミイラが発見された。ところが、彼女の組織と体液がほぼ原型をとどめていたことがわかったとたん、彼女から卵を取り出してそれに受精させてみたいと考える人たちが出てきたのだ。むろん理論的には可能であり、理論的に可能であるということは、ミイラを母にもつ赤ちゃんが産まれうることを意味する。さて、ミイラは死んでいるのだろうか、それとも生きていることになるのだろうか。

流産した胎児の卵巣を摘出し、それを不妊症の女性の卵巣に移植することで、赤ん坊をつくることが可能であると主張する人がいる。女性がその生涯を通じてもつ卵は、そのすべてが胎児の発育段階の一〇週から一一週には発生を終えている。胎児の卵巣を成人に移植するという発想がここから生まれてくる。流産した胎児を母親にもつ赤ちゃんが産まれうるということだ。この場合、流産した胎児は死んでいるとみなすべきだろうか、それとも生きていることになるのだろうか。

次のようなケースもある。夫に死なれた妻が夫の子どもを欲しいと願い、遺体から精子を取り出すことを要望した。生殖技術はこうした女性の要望に応えることができるし、アメリカでは実際すでに行なわれている。どうして、こんなことが起こるのであろう。

こうした疑問に答えるには身体を生命たらしめている生命機関(臓器)と、その生命機関(臓器)を形成する細胞組織とは一体的であると同時に独立的であり、したがって身体における生命機関の死と「組織と体液」という言葉が表わしている細胞の死とを区別する必要があるだろう。

先に生命の死と呼んだのは生命機関の死のことであり、身体の死と呼んだのは細胞の死のことである。

身体の死は生命機関の死に遅れる。このような死の訪れる時間に違いがあること、遅れることに生殖技術が関与する余地が生まれるのである。

ミイラと流産した胎児とある女性の夫の遺体はどれも生体ではなく死体である。死体であるにもかかわらず、身体のすべての「組織と体液」が死にきっているわけではない。人びとの関心が向けられているのはその死にきっていない部所に対してでる。

興味深いのはそれぞれの動機である。

ミイラの母親というテーマは、生殖技術にたずさわる者たちの好奇心の域を出ない。胎児が母親になるということになると、不妊治療（人助け）という目的が現われてくる。死んだ夫の子どもがほしいということになると、夫婦の愛とか絆という美しい物語が動機におけるる大義を形成しはじめる。その場合にも死をめぐる倫理が動機と結びついて登場していることがわかる。

次のケースは生命の死と身体の死とは相互に独立的であるゆえに、身体が死んでいなければ、生命は再生するという物語が社会的場面へと登場したことを告げるものである。人工妊娠中絶をした女性が胎児の細胞の一部を、将来的に胎児として発育させることができるような状態において保存しておく。妊娠八週より前の段階で中絶手術が行なわれた場合、胎児から組織の一部を摘出して冷凍保存する。やがて女性の要望があるとそれを解凍し、あらゆる面で中絶された胎児と同じ遺伝子構造をもった胎児を発育させようというのである。

テキサス州ヒューストンのソリューション社が三五〇ドルでこのような「胎児蘇生」の技術を売りに出した。企業はそうした技術が将来的に可能であるという予測にもとづいて商品化したに違いない。だが専門家たちは、理論的には可能であっても、そのような技術が将来的に開発されることはありえないと主張する。にもかかわらず、すでに中絶した胎児の細胞を冷凍保存してもらっている人たちが存在するというのである。

技術的に可能か否かを超えて、状況はこのような商品が歓迎される条件が整いつつあるように思える。中絶手術は胎児を殺す以外の選択肢をもっていない。中絶で深く傷ついた女性たちが、こうした夢のような話にリアリティを覚えたとしても不思議ではない。

さて、夢が現実になったとしよう。まず、このような技術によっても、完全に失ったと同じ胎児が戻ってくるわけではないということを確認しておこう。そのうえで言えば中絶した母親の感情は、この決定的な違いを修正するだろう。いくら科学的事実が同じ子どもではないと主張しようと、同じ遺伝子構造をもって「誕生」してくる子どもを中絶した赤ちゃんが返ってきたとみなすであろう。だとすれば、中絶というかたちでの赤ちゃんの死は、母親のなかで死ではなく誕生の遅延とみなされるようになるだろう。

生殖技術はここにいたって、ほとんど神の業に近づこうとしていることがわかる。

能動の性、受動の性

我が国における自殺者は圧倒的に男性が多い。一九九八年、自殺者総数はついに三万人を突破してしまった。三万二八三二人、このうち男性が二万五〇〇〇人、全体の七〇%を占めるにいたっている。つまり男女比は七対三である。この開きは戦後の全期間を通してみたとき、異常なほど大きい。これまでも、ほぼ六対四くらいで男性の自殺者が常に多かったのだけれど、これほどに男性自殺者の割合が増えたことはなかった。それが、一九九八年を境に出現したのである。こうした異様な事態は、以後、五年もつづいているのだ。異常を異常と感じられなくなっているのである。

男性の自殺者が増えたことについて、それなりに説明することはできる。社会的な崩壊状態に直面し、個々が孤立化したとき、男性はもろさを露呈しやすい存在であるというのがそれだ。一九九八年は社会的崩壊の状態は頂点に達しようとしていた。人びとは個々ばらばらに解体された。そのようなとき、男性は孤独に耐えて生きる力が女性よりも弱いことを露呈してしまった、それが男性における自殺の急増現象である——こういう解釈をほどこしてとりあえずは納得するしかない。ただしここでは自殺の個々の動機に踏み込んではいない、あくまで総体として社会的に見えてくる状況についてのみ言及しているだけだ。

男性が孤立にもろい理由を、共同生活への参加の度合いが女性より男性のほうがはるかに高い点に求めたのは、名著『自殺論』(一八九七年)の著者E・デュルケームであった。女性に自殺傾向が低いのは男性と較べて、共同生活の影響をよきにつけ悪しきにつけ、こうむることが少ないことによるというわけである。男性は女性と比較し、より社会的な存在であるので、外部にいっそう多くの支持点をもたないかぎり、釣り合いのとれた生活を維持することができないというようにデュルケームは述べている。

男性は女性と較べ社会的結合を求める存在であり、したがって社会的な結合を解かれてしまった場合、男性は自己の存在理由を見失うという説明である。なるほど、と一瞬わかった気にはなる。だが、どこかすかされた感じがするという印象も否めない。

こうした印象をいくらかでも拭うために次のように質問してみよう。なぜ女性は社会性が低い存在であるという状態に自足していられるのだろうか、と。デュルケームの議論ではこの点が不明のままである。ここは、むしろ社会性を充たそうとする欲求を阻まれている状態に置かれているのが女性であるという見方もできるはずである。自殺傾向は相対的に低いとはいえ、女性もまた自殺するのであり、その自殺要因に、こうした充たされない社会性を加えてもいいはずである。残念なことにデュルケームの社会学にはそういうモチーフは見あたらない。

男性と女性、どっちが社会性が高いかという話をやめて、男女の社会参加の度合いは、かたちが異なるだけで同量かつ同等であるというふうに言ってみよう。組織性の強い共同生活が男性の主な社会参加の型だとすれば、女性のそれは子育て、地域におけるつきあいなど、日常生活を維持するために、より多く結合のゆるやかなかたちで営まれていると考えるのである。このように想定しうるとすれば、男性に自殺が多く女性に少ないのはなぜかということの答えはデュルケームとは違ったところに求めることができるようになる。

女性に自殺が少なく、男性に多いという現実は、女性が少ない社会参加で満足できるからではなく、両者の社会参加の型の違いに現われている、社会的結合の強弱に原因を求めざるをえない。結合の強さに慣らされている男性は結合を解かれたときの孤立に弱い、他方結合の弱さに慣らされている女性は比較的孤立に強いというように。

ではもっとも根本的な問題である男女の社会的結合の強度を決めるのは、何だろう？乱暴にいうしかないが、おそらくお互いの性のあり方である。能動的な性である男性に対して受動の性を本質とする女性、そのような男性という性のあり方、女性という性のあり方が社会に対する向かい方に現われるのである。能動の性に規定された男性の社会参加の型は必然的に結合性を強めていく（と同時に広めてもいく）。対照的に女性の受動性は、社会参加の型をゆるやかなものにする（とともに広がりを限定する）必然性をもっている。

たとえばデュルケームよりもさらに一〇〇年前の厭世的な哲学者は、ここでいう男性の能動の性を「生きんとする意志」という言葉で表わし、女性の受動の性を男性の「生きんとする意志」を受けとめ、それに「認識の光を付与すること」だと述べている。哲学者はこのことを交合と妊娠の比喩で語っている。「交合は主として男の仕事である。妊娠は専ら女性だけのことである」。これまでの話に引き寄せると、第一に男性と女性では明らかに社会参加の型が違うということ、第二に社会参加の型の違いは能動・受動という男女の性のあり方の違いに基づいていることが述べられているのだ（ショウペンハウエル「生きんとする意志の肯定と否定に関する教説によせる補遺」）。

「生きんとする意志」は、強い結合の社会という場を得てはじめて自己を能動的に発揮できる。だが、どこにもそのような場の見出せない崩壊状態においては、女性と違ってみずからを受けとめることのできない「生きんとする意志」はその意欲を挫かれ衰弱していくしかない。死はこの衰弱過程に姿を現わす。ここに受動の性と較べ、現実を受け止める力において劣る能動の性の限界をみる思いがするのである。

不運

二〇〇〇年三月八日、地下鉄日比谷線の脱線・衝突事故が起き、五人の死者とその何倍もの怪我人が出たことを記憶しているだろうか。

脱線した電車は二四〇人が乗った下り菊名行きで、間もなく中目黒駅に到着する直前に、最後尾の八両目だけがレールを逸脱したのだった。レールを逸脱した車両は、おりからすれ違おうとしていた中目黒駅八時五九分発上り八両編成竹ノ塚行きの四両目と五両目に接触して、六両目に衝突したのである。事故の死者はすべて衝突された車両の乗客ばかりであった。このことを知ったとき、不運という言葉が浮かんできた。そしていまだ死者に対して「不運」という言葉以外に適切な言葉を向けられないでいるのである。

衝突した車両からよりも衝突された車両に死者が多く出るということは自動車事故には珍しくない。だが車の衝突事故の場合、少なくともどちらか一方のドライバーの過失という要素がかかわっていることがほとんどである。過失という面が大きくなればなるほど、不運という言葉を使いにくくなる。

だが、地下鉄事故は運転手の過失は皆無だったと考えていいだろう。だとすれば、不運という言葉はより現実味を帯びてくる。

レールの上を走るということ自体に脱線は含まれている。脱線事故を確率論的にゼロに近づけることはできても、まったくのゼロにすることはできない。脱線しない電車という言葉は、言葉だけのものであって、電車であるかぎり脱線は不可避である。したがって、電車に乗るということは、ごくわずかであっても自分の身を脱線事故に遭遇する危険にさらすことでもある。ということは、脱線事故で死ぬ危険性も皆無ではないことを意味している。

不運という観念は、このようにごくごくまれにしか起こらないことが、ある人（たち）の身に実際にふりかかってしまったことに対して与えられるものだ。

不運という観念は、ほんとうは確率論とは無関係なのである。たとえば、八両編成の何両目の車軸が脱線しやすいか、脱線した車輌に衝突される反対方向の電車は、何両目がいちばん危険かという問いに確率論は答えられないだろう。事故に遭遇した人たちのうち、だれが死に、だれが生の側にとどまるか、という問いに確率論は無力であろう。このような決定的な分断が起きてしまった理由を問うことは不可能である。たんに運が悪かったというほか説明のしようがない。

下り菊名行きには約二四〇人が乗っていた。他方、上り竹ノ塚行きには約一三〇〇人が乗っていた。二つの電車を合わせて一五四〇人ばかりの乗客のなかで死んだのは五人である。この一五〇〇余の人たちと五人を生と死にわかつ分断線は誰が引いたのだろうか。

下り菊名行きの衝突車両である脱線した最後尾八両目には、各車両の乗客数を同一だと仮定すれば、ほぼ三〇人が乗っていたことになる。他方、上り竹ノ塚行きには一車両に平均一六二人の乗客がいたということになる。それゆえ六両目にも一六二人が乗っていたとみなしていいだろう。だとすれば、死の危険性がもっとも高い場所にいたのはざっと一九〇人であったということになる。死んだのはこのうちの五人である。誰がなにを基準にこのような分断線を引いたのだろうか。

さらに厳密に詰めることができる。下り菊名行きの死者はゼロ、上り竹ノ塚行きからだけ死者が出ている。つまり、死の危険性が最大であったのは上り竹ノ塚行きの六両目の車両であったということになる。そうであれば、もっとも危険な場所にいたのは一六二人であり、そのうち死んだのは五人である。

一六二人の誰の身にも死が降りかかっておかしくない状況において、五人だけが死者の側に移り、別の人たちは生者の側にとどまった。こうした結果は、衝突のもたらした打撃の大きさだけでは致命的になるか、否かを決められないことを伝えてくる。そのときの乗客の位置、その瞬間の姿勢などが生と死を分けるのに影響していることを物語っている。因果論的にみても、あまりに偶然の要素の関与していることに呆然とする。

この確定のしがたさをまえにして、ある人は生と死の分断線を引いたなにものかを神だといい、別のある人はその人のもっている運命だというかも知れない。神という視点も運命という視点も、ともに事態の了解の仕方としては決定論的である。決定論的であることにかすかでも不満を感じるとき、人は運／不運という了解の仕方のほうを選ぶ、そうではないだろうか。

湯本典子さんのお母さん

小学校の保護者懇談会に出席していた母親たちは、その場の空気にいっこうになじもうとせず、ひたすら抱いた赤ん坊をあやし続けた一人の母親の異様なありさまを印象づけられて帰宅する。その記憶がまだ消えずに残っている何日か後、彼女が自殺したことが報じられる。

「満子が受話器を取ると、むこうの声が言った。

『旧三年一組の連絡網で回してください。メモの用意はいいですか』

『はい、どうぞお願いします』

『湯本典子さんのお母さんが亡くなられました』

メモを取りながら『まあ』と小さく声をあげた。動悸が激しくなった」

故干刈あがたの作品『ゆっくり東京女子マラソン』(朝日文庫)はこんな鮮やかな場面をもっている。

「湯本典子さんのお母さん」とは誰だろう。湯本典子さんのお母さんであるとしか説明しようがない。妻であり、母であり、専業主婦である女性には名前がない。その一人であるゆえに湯本典子さんのお母さんは、日常、子どもの保護者という立場において、誰からも、湯本典子さんのお母さんとしか呼ばれないのである。

湯本典子さんのお母さんはつい先日の委員決めのクラス懇談会の席で、ほかの子どもたちのお母さん方に強い印象を与えたばかりであったのだ。

「(子どもたちの作文を読む) 先生の声と重なるように、赤ん坊をあやす呟きが聞こえてくるのを、母親たちは気にして時々教室の端の方をチラッと見た。ようやく離乳食の頃と思われる赤ん坊を抱いた母親の机の上には、赤のマジックで〈湯本〉と書いた名札が置かれてあった。男生徒の名札は黒、女生徒の名札は赤で書かれている」

「先生は次の作文を取りあげた。赤ん坊をあやす母親の声はまだ続いていた」

「しんと静まった教室の中で、ソウナノ、ウレシイノ、イイオカオシテ、と赤ん坊に話しかける母親の声は異様に響いたが、赤ん坊を抱いているということは、誰にも覚えのある仕方のない立場であるせいか、あからさまに咎める者はなかった」

「これで決まりね、よかった、という声があがり、黒板に書かれた四人を承認する拍手と共に委員選出は終わった。その間じゅう赤ん坊を抱いた母親は、名指された時隣の人に説明されて『私はできないわ』とプツリと言っただけで、周囲に無関心に、腕の中で眠ってしまった子に何かを呟きつづけていた」

子どもたちの書いた作文を読む教員の声が流れる。その声に赤ん坊をあやす母親の呟き声が重なり、不協和音を奏でる。母親たちは教員の声に集中しようとするのだけれど、その場の空気に無関心な彼女の異様な立ち居振る舞いに妨げられて、それが十分できない。かといって咎めようとするものもいない。にもかかわらず、小さな苛立ちを誘われている母親たちの顔が目に見えるようだ。

母親たちは湯本典子の母親の教室におけるそのときの異様な印象と思い合わせて、彼女の死——自殺——を納得していく。周囲では不在がちな夫に女性問題があるのではないかと妄想をふくらませ、ノイローゼ気味であったといううわさが立っている。真偽はどうであれ、確実な点は湯本典子のお母さんが二人の子どもと夫を残して逝ってしまったことである。

通夜の帰り道、満子といっしょに委員を引き受けた吉野ミドリは、「湯本さんの旦那さま、母親が子を残して死ぬなんてことしないと、タカをくっていたところもあるんじゃないの」と、一言だけ口にした。

満子は「湯本さんの旦那さん」の追い込まれた現実を油断という言葉でもってとらえようとした。もし典子の母が死ななかったら、湯本氏の不在がちな生活も、よくあることですんだのかもしれない。湯本氏がそれほど悪いことをしたとも思えないが、人はそうしたちょっとした気持ちの油断の罰を、一生負っていかなければならないような目に遭うことがあるというふうに。

二人の母親は、二人の子どもを残したまま妻に死なれてしまった湯本氏の現実に焦点を当てている。二人の子どもを抱え、これからどうするのだろうと湯本氏の行く末に思いを馳せたりもする。ところが、それと対照的に彼女たちの関心は、死者である湯本氏の妻には向かっていかない。

第一に「湯本典子さんのお母さん」がなんという名前であったのかということに話がおよばない。ということは、二人は自分たちの足許にぽっかりあいた深い穴に気がついていないことを意味している。湯本典子さんのお母さんが自殺したほんとうの理由の一つが、長い間、自分の名前を呼ばれないことにあるということに思い至らないのだ。

千刈あがたは、「湯本典子さんのお母さん」の孤独を、こんなふうに伝えたかったのである。

同行

夫がガンで死にそうになったとき、死の恐怖に耐えかねた夫は妻に死出の旅路への同行を求めた。夫に懇願された妻は、一時は一緒に逝ってもいいと本気で思ったときがあった、そう語った女性がいた。もう何年もまえの話である。

このような記憶を取り出すことになったのは、アメリカ人ハーバート・ヘンディンの書いたオランダの安楽死をめぐる書物『操られる死』（大沼安史・小笠原信之訳、時事通信社）のなかで次のような記述に出合ったことによる。

彼（ルネ・ディークストラ）の指導者であるニコラス・スパイアーは七六歳でガンで死にかかっているとき、病身ではなかった七四歳の妻との間で、彼と一緒に自殺するという約束をした。スパイアーは、自ら状況を選び、そのなかで尊厳をもって死ぬという彼の信念に忠実であった、とディークストラは（彼の論文の中で）称賛して書いている。妻が「彼と一緒に逝った」点についてはほとんど付け足し的にしか触れていない。
「スパイアー夫妻との間にどんなことがあったんですか」と私が質問すると、ディークストラはまず、スパイアー夫人の名前が彼と同じルネだったことを明かした。それからこう言った。彼女の死から二週間後、「スパイアーが彼女に強いたのではないか」と同僚が疑ったとき、彼は激怒し、そんなことは二度と誰にも言うなと迫ったという。ところが時がたつにつれ彼は、同僚の言にも何がしかの真実があると思うようになった。彼は私に、スパイアーは「二人の関係では支配的な立場にあって、ともに行動することを望んだのです。彼女がもっと自立していたら、そうはならなかったでしょう」と語った。

死が迫ったときの夫のパニック状態を私に話してくれた女性は、一緒に逝ってくれという夫の誘いをなんとか退けた。彼女は夫婦関係において自立していたということになるだろう。いや論の立て方が違っている。妻に自立を求めるよりも、夫が自立していればこんな一種悲惨なエピソードは生まれなかったはずなのである。問題は妻にすがりついた夫にある。オランダ人スパイアー夫妻についても同じことがいえる。ニコラスは死の恐怖のあまりルネにすがりついたのだ。ルネは「私たちには子供もいないし、私のことを必要とする人も惜しむ人もいないんです」と同行を拒む理由のないことを語ったという。

ルネ・ディークストラはスパイアー夫妻の自殺を幇助した。

この件について、二つのことが気になった。一つは立場が逆になり、ガンで死にそうな状態にある妻がどこも悪くない夫に一緒に死んでくれるともちかけるという事態である。ニコラスがガンになる一年前に「一緒に美しく死のう」という約束が夫妻のあいだで交わされていた。妻はこの約束を守ったのだ。であるなら、立場が逆であっても約束は守られなければならないはずだ。だが、はたして夫であるニコラスは約束を守っただろうか。さらにはディークストラはそうなった場合でも夫妻の自殺を幇助しただろうか。私の憶測を記せば、おそらくニコラスは守らないであろう。というのも、ニコラスは高い社会的な位置についていたからである。安楽死と自殺幇助についてのオランダの権威であった。同じ理由で、ディークストラはニコラスがルネと一緒に逝くことを止めたであろう。

妻が夫に死出の旅への同行を求めるということは起こりうるであろうか。むろん、起こりうるだろう。ただし以下の点で男がもちかける場合と較べて、起こりにくいのではないだろうか。女性の平均寿命が男性より長いうえ、なおかつ結婚においては男性が年長であることが多いという点で。さらには女性は死への旅に同行を求めるほど夫に愛の幻想を抱いていないように思える点で。そして女性の現実受容力は男性を上回っているという点で。

気になったことの二つ目は、死ぬ理由のない妻を死に巻き込むといった、愚かで痛ましい出来事が起こらないためにはどうしたらいいのか、という問いである。『操られる死』の著者ヘンディンは、自殺願望を表出する患者の八〇パーセントは痛みや症状が耐えがたいからであり、同時に、やがてそういう状態になるであろうことの恐怖、死の恐怖が動機になっていると述べている。したがって、痛みには緩和ケアを、死の恐怖にはそれを取り除く精神的に適切なケアが必要である。ケアが適切になされさえすれば、彼らは自分の現実を見つめられるようになり、残された人生を有意義に生きるようになるはずだ、というのだ。だとするなら医師がなすべきことは、患者の痛みの緩和であり、死の恐怖の除去でなくてはならないだろう。

スパイアー夫妻の件でディークストラの仕事は、ニコラスの痛み、死の恐怖を取り除くことでなければならなかった。そうすれば夫は死を受け容れ、妻に対し、自分が先に逝くが、きみは残りの人生をしっかり生きるよう励ますことができたに違いない。それだけでなく、尊厳に満ちた別れを三人が体験できたはずである。だが実際はそうならなかった。なぜであろうか。

オランダでは緩和ケア、ホスピスケアが発達しなかったからだ。理由は明瞭である。安楽死という解決に頼ったことだ、そうヘンディンは書いているのである。

振動率

死後があるか否かの議論はおもしろい。私の死後への好奇心は野次馬の域を一歩も出ることができない。野次馬としてこれまで、死後について人びとが語る言葉に耳を傾けてきた。霊が語るのを聞くことができ、霊の語る言葉を、私たちに翻訳してくれる能力のある人とも知りあった。そうした能力者からすると、死後はあるかどうかといった議論そのものがナンセンスということになる。死は少しも人生の終わりを意味する出来事ではないことになる。

「死を故郷に帰る道中の一夜の宿りと思うがよい」とフレデリック・マイヤーズは言う。マイヤーズは英国の詩人で随想家、ケンブリッジ大学の古典文学の講師であった。そのマイヤーズによれば、魂は旅をするのであり、死は魂が行なう旅の一エピソードにすぎないのである。魂の旅程は七つの世界にわたる。物質界（第一界）にはじまり、冥府、幻想界、色彩界（形相の世界）、火焔界、光明界、そして第七界である彼岸にいたるまでの。ただし、第七界までたどりつける魂は少ない。

死は魂が行なうこの旅程における、ほんのとばくちの物質界の終わりを告げる出来事でしかないのである。

マイヤーズは死という概念そのものも不要であると言いたげである。次の文章を読んでみよう。

他界の霊の教えるところでは、死の秘密は、魂の外殻にあたる部分の振動率が変わることにあるというのはあなたがたも聞き及んでいよう。例えば人間がその周囲の可視世界を感知するのは、その身体がある特殊な速度で振動するためである。あなたがたの肉体の振動数を変えれば、地球も、人も、物体も皆、あなたの眼前から消えうせてなくなることになる。と同時に、あなたがた自身もまたそれらのものから見れば消えてなくなることになる。それゆえ、死は単なる振動数の変化である。この変化のためには、一時的な混乱は不可避である。というのは、魂は、ある振動で進行する身体から、別の振動で動く身体に移らなければならないからである。

（ジェラルディン・カミンズ著『不滅への道』梅原伸太郎訳、春秋社）

こう語る言葉は実は、マイヤーズの霊界からの通信である。マイヤーズが死後の世界から語りかけているのだ。むろんマイヤーズの声や思念は、物質界である地上を生きている誰彼に区別なく届くわけではない。この本の著者ジェラルディン・カミンズ女史を通して降りてきたものである。カミンズ女史は自動書記者ということになる。

一九〇一年一月、マイヤーズは死んだ。カミンズ女史に彼からの通信が訪れたのは、それから二三年後の一九二四年になってからである。両者が生前に袖擦り合ったという事実はまったくない。

引用文を読めば明らかなように、死という絶対的なニュアンスを帯びた言葉を使う必要などなく、振動率が劇的に変化したと表わせば足りると述べている。魂は、ある振動で進行する身体から、別の振動で動く身体に移らなければならない。その移行すべき時期がきたことを指して死と名づけただけだということになろう。さらに加えれば、振動数の差はまた身体の差となる。精妙な振動律の持ち主は精妙な身体の持ち主ということになる。第七界（彼岸）にまで旅する魂は、六回もその身体という外殻を脱ぐことになるのであり、そのような霊は六回も死を経験したことになるであろう。死は一回きりの出来事ではないのだ。ということは、死は絶対的ではないということになる。ほかならぬ死が、そのことを教えてくれるとマイヤーズは言う。

振動数が変わるという言い方は具体的なようで具体性に欠ける。比喩的にいえば、宇宙飛行士が無重力状態に入ると突然に体重がなくなるという感覚に近似しているのだろうか。死んで肉体という外殻を離れ、振動率の異なる世界に移動した魂であれば、すべて霊界からの通信を行なうことができるかというと、そうではないらしい。マイヤーズによれば、色彩界（第四界―形相の世界）まで旅した霊でなければ、通信は不可能なのである。しかしそこにまでいたった魂は、自ら望むときに、地上まで舞い戻り、彼を愛する人や、精神的に近い人と霊的交流を果たすことができる。

マイヤーズの魂は、カミンズ女史を交流相手に選んだ。マイヤーズの魂が通信の媒介者（霊媒）にカミンズ女史を選んだということは、彼女が精神的に彼と近い存在であるということを告げていよう。精神的に近い存在ということは、カミンズ女史がマイヤーズの通信を受けとることができるくらいに精妙な振動律をそなえた人であるということである。だから、マイヤーズはカミンズ女史を通信の受取人に選んだのである。ところで、通信を受け取るには、霊の精妙な振動律に共振、トランス（憑依）状態に入らなくてはならない。なぜなら、彼女は物質界の人だからである。

罰が下る

結核がまだ死に至る病いとして怖れられていた時代の話である。といってもそれほど昔のことではない。その頃、この病いにかかっていることを告知されるのは、現在のガン告知以上の衝撃であり、深刻な打撃であった。理由は不治であることに加えて伝染病であったことだ。以下に引く文章は、こうした病いの時代的な性格を踏まえずに読むと、著者の欧文翻訳調の文体を駆使した描写は、狙いとは逆に空転し、安物の芝居めいた滑稽な印象として受け取られてしまうかも知れない。

正月早々悲劇の絶頂が到来した。お前たちの母上は自分の病気の真相を明かされねばならぬ破目になった。そのむずかしい役目を勤めてくれた医師が帰って後の、お前たちの母上の顔を見た私の記憶は一生涯私を駆り立てるだろう。真蒼な清々しい顔をして枕についたまま母上には冷たい覚悟を微笑に云わして静かに私を見た。そこには死に対する Resignation と共にお前たちに対する根強い執着がまざまざと刻まれていた。それは物凄くさえあった。私は凄惨な感じに打たれて思わず眼を伏せてしまった。

（有島武郎「小さき者へ」大正七年作）

Resignation はあきらめの意。「お前たち」と呼びかけられているのは、まだ幼い三人の子どもたちである。

有島武郎の妻安子は、武郎の勤務先の札幌（札幌農大）で大正三年秋に肺を冒された。夫はこの事実を妻に伏せた。伏せたまま一人考え、季節が雪に変わって間もなく、寒いこの地を離れることを決意、転地先を気候の暖かく穏やかな鎌倉に定めたのだった。転地してしばらくのあいだ、安子の病状は小康をえた。だが、それも束の間、軽い風邪がきっかけで症状は悪化の道をたどりはじめたのだった。大正四年一月、ついに妻に事実を告げなければならないときがやってきた。右の文章は、病気が結核であることを伝えられた後に、妻が夫に示した態度を夫の目で記述したものである。

妻は短時間のうちに、病気に対して自分がとるべき姿勢と、母親として自分が子どもたちに対してとるべき姿勢を決めた。死は受け入れよう、だが愛する子どもたちへの感染はなんとしても阻止しなければならない。そのためには、幼い子どもたちを枕元に近づけてはならない。子どもはしかし、病気の意味などわからない。ただただ母親を恋い求める。それを拒むには「冷たい覚悟」がいる。この時代、結核に罹った母親の誰もが、幼いわが子から自分を隔離するために、このような「覚悟」を強いられたのである。

夫は妻の示したこうした「覚悟」に凝然となる。それから激しい慚愧の念にとらえられる。妻と子どもたちをこうした残酷な状況に追い込んだのは自分である。夫として父親としてこれまでどんなふうにふるまってきたのか。

そのことを思い返すしたとき、有島を運命の罰という言葉が襲った。

「運命が私の我儘と無理解を罰する時が来た」

運命という言葉はここで、有島武郎のこれまでの生き方——我儘と無理解——に対応させられている。運命の罰をまえに、有島は自分の罪を告白する。

「私は始終、何一つ『満足』できるような仕事をしていないという意識に突きあげられていた。その不満、不安が結婚を悔い、子どもたちの誕生を憎む要因であった。子どものしつこい泣き声を聞くと、何か残虐なことをしないではいられず折檻を加え、原稿紙に向かっているとき、妻に家計上の相談を持ち出されると、激しい言葉とともに机をたたいて立ち上がったりといった没義道なふるまいをした」と。

だがしばしば罰は、罪を犯した者に下らない。ここが運命の残酷さであるが、罰はむしろ罪ある者の愛する半身、罪なき者の上にふりかかる。罪ある者を苦しめる最良の手段は、罪ある者の愛する半身に苛酷な現実をもたらすことだ。愛する罪なき者の死、それが運命の科するもっとも重い罰なのである。

「それからお前たちの母上が最後の気息を引きとるまでの一年と七箇月の間、私たちの間には烈しい戦が闘われた。母上は死に対して最上の態度を取る為めに、お前たちに最大の愛を遺すために、私を加減なしに理解する為めに、私は母上を病魔から救う為めに、自分に迫る運命を男らしく肩に担い上げるために、お前たちは不思議な運命から自分を解放するために、身にふさわない境遇の中に自分をはめ込むために、闘った。血まぶれになって闘ったといっていい。私も母上もお前たちも幾度弾丸を受け、刀創を受け、倒れ、起き上り、又倒れたろう。お前たちが六つと五つと四つになった年の八月の二日に死が殺到した。死が総てを圧倒した。そして死が総てを救った」

すべては手遅れだ。同時にすべてが手遅れであることが、罪の浄化の過程でもある。ただし、子どもの被った打撃を考えると死が総てを救ったとはいえないと思う。だが有島武郎はそうとらえたのである。安子の死は、武郎が数え四〇歳になる直前の、大正五年のことであった。

心と身体の対話

ウラディミール・ジャンケレヴィッチはその大著『死』（みすず書房）の冒頭を、死について次のように語ることではじめている。なぜ、このごく正常な出来事が、それに立ち会う人びとにあれほどの好奇心と戦慄とをよびおこすのだろう。人間が、しかも死んでゆく人間が存在して久しいのに、どういう次第で、死すべき者はこの自然な、とはいってもつねに偶有的な出来事にまだ慣れていないのだろうと。

ジャンケレヴィッチはこうした人びとの姿を踏まえて、死を経験を越えた神秘性と自然現象との接点に位置づける。死亡現象は科学の分野に属するが、死の超自然的神秘は宗教の助けに訴えしめると述べる。確かに死の恐怖や戦慄をなだめるのは古代から宗教のメインテーマであった。

同時にそのような死との「直接すぎる接触」――死が間近に迫ること――のもたらす恐怖や戦慄を緩和するための手段はない。言い換えれば、死に対して準備することは不可能である、つまり死の訪れに対してあらかじめ〈おのれを準備〉することはできないとジャンケレヴィッチはいう。

「説教師たちは（中略）死への《準備》を推奨することをやめない。不意打ちに気をつけよ！　先見の明をもて！　用意周到であれ！　隔たりを保て！　のどもとに刃をつきつけられるまで待つな！　（中略）しかし、用意周到な人間が《おのれを準備》してもむだだ。もっとも、正確にはなにに対して《おのれを準備》しなければならないのかもわからない。死は、訪れるときにはつねにはじめて訪れ、例外なく準備のできていないわれわれを見出す。例外なく用意周到な人間も不意を打たれ、あわただしく自分の最後をくくり、どんなふうにでもくたばってしまうことを余儀なくされる。（中略）準備された不意打ち、とわたしは言った。そして古い新しさ……。もっとも予測されていた出来事が、逆説的なことにも、もっとも予測不能なものだ。（中略）そして、たしかに、何歳であろうと、人は自分の終末をしくじる。いかに老齢といえども、つねに早く死にすぎる。というのは、この意味では夭折しかないからだ。人は必然的に即興ないし不準備の状態で死に臨む。死の即興詩は文字どおり待機外のものだ。というのは、この最後の瞬間の出来事はあらゆる待機を挫折せしめるから」

人間はいつかは死ぬ、だからといっていますぐの死を受け容れることができるわけではない。死は未来に確実に例外なく準備されているけれど、やってくるときはいつも不意打ちである。交通事故から老衰による死まで、すべて早すぎる死だとジャンケレヴィッチは主張する。

私たちは、死という出来事が主体的に経験不能であり、その経験不能な事態をまえにしたとき、人間を構成する身体と心の二重性が極限的な乖離を体験することを知っている。死の現実性に直面して心と身体は極限的に乖離するのである。たとえば末期ガンを宣告された患者の心は、自分の身体が間近な死に直面していることを信じることはできない。それどころか否認しさえする。パニックに陥るのは、心が身体の直面している現実を受けとめることができないからだ。

そのような患者が、やがて遠からずやってくる死を受容していく。たとえば、ホスピスに入院するという行為は、死の受容の一形態であり、過程である。だとすれば死の準備が着々となされていることを告げている。このことは死の準備は不可能であるというジャンケレヴィッチの言葉と矛盾する。

たぶんジャンケレヴィッチは依然として正しいのだ。死の受容は、死の準備がなされたことではない。死の受容という言葉が意味していることは、心と身体の極限的な乖離がもたらす心の動揺、すなわち身体が死にゆきつつあるという現実に直面したときの衝撃、身体の死をいつくるのかと待ち受ける心の不安、恐慌、戦慄を緩和・鎮静化することである。というのも心は身体がどんな状態に入ろうと、それに即した体勢をとるなどということは起こらないからだ。生きているかぎり危険（死）に対する防御本能は作動し続ける。それゆえに死に向かい、すみやかに衰弱していく身体に対し、心は背反し、その距離を広げてゆくしかない。この目のくらむような乖離に私たちはおびえるのではないだろうか。

繰り返せば、死の受容ということは、死を待ち受ける準備ではないのだ。身体に差し迫った死という現実のあり方を、心が受けとめることを意味している。心はゆっくりと遅れて、身体が死に向かっていくことについて行こうとする、身体が死に行くことを心が承認しようとするのである。別な言葉でいえば死に対する防御本能を解除していくことだ。この過程は、死の予測された不意打ちに備えることとは異なっている、そう思える。

ジャンケレヴィッチのいうように死に対する準備はむだである。しかし、人間は死を受容することはできる。なぜなら死の受容は、死に行く者の身体と心のあいだでおこなわれる和解にいたる対話であって、直接には死とかかわりがないからである。

仕残したビジネス

白血病に罹って入院していたジェフは、すでに四歳のときに自分の死が間近であることを知っていた。だが彼は、九歳の誕生日を迎えたのちまでも生きつづけることができたのだった。

ジェフには夢があった。その一つが、買ってもらったピカピカの、だが少し古い自転車に乗って家の外を一周りすることであった。九歳のジェフに、この夢は叶えられた。ただし、補助輪をつけたままであった。一周りし終えたジェフは二階の寝室に戻った。彼の大事な自転車も彼の部屋に運び上げられた。ジェフは両親に、自転車をきれいに磨き、ワックスをかけ、補助輪を外してくれるように頼み、それも叶えられた。そのあと、七歳の弟を呼び、早すぎるかも知れないけれど、誕生日の贈り物だといって自転車を与えた。補助輪を外したのは、補助輪つきで乗ったことが恥ずかしかったからであり、その屈辱感を弟に味あわせたくないと思ったからであった。ジェフは四週間後に幸福そのもののようにして死んでいった（エリザベス・キューブラー・ロス著『死ぬ瞬間の子供たち』川口正吉訳、読売新聞社）。

自転車に乗ることから自転車を弟に譲り渡すまでの、周到に運ばれ、かつ細部まで行き届いた一連の、ジェフが主導したこれらの行為こそがジェフの「仕残したビジネス」であった。「仕残したビジネス」キューブラー・ロスが右の本のなかで使用している言葉だ。キューブラー・ロスは「死が間近に迫って、仕残したビジネスを終えるために話したい時間と場所を決め、しかも話し合うそのだれかをさえ選んだうえで死に、それで死ぬのが早すぎたという患者はいない」と述べている。見方を変えれば、「仕残したビジネス」を終えずにいる場合、安らかな死は訪れないということでもあるだろう。

気がかりなことがあって、苦しんでいるのになかなか死ねない。あるいはこれを体験したいという希望があるときは、死はその希望の成就を待つのである。ジェフの例は、後者に入る。以下にみる二五歳のラリィの例も後者である。

彼は大きな列車が猛スピードで丘を下ってくる夢を見た。夢のなかで彼は機関手と激論し、この列車を彼の一〇分の一インチ前で停車させろと要求したのだった。ラリィの言葉に耳を傾けていたキューブラー・ロスは言った。「ね、ラリィ、どんなにしてあなたを一〇分の一インチでお助けできる？」。彼の答えは、母に家に帰ってパンを一切れ焼いて、大好きな野菜スープを作ってきてほしいと伝えてもらいたいというものであった。母親は、いつ死ぬかもわからない状態にある彼を一瞬であっても一人放っておくことはできないと言った。キューブラー・ロスは言った、彼が待てると思っているのだからきっと待ちますよ。その言葉を支えに母親は家に帰って息子の希望したものを作って戻ってきた。ラリィはパンをひとかけらとスープをわずかばかり飲んだ。これがラリィの最後の食べ物となった。それから昏睡状態に陥り、三日ほどして平和そのものの姿で死んだ。

前者の例には、以下のような話が載っている。五五歳のミスターHは、転移ガンで入院してきた。彼の症状はすでに医療段階を超えていた。ところが彼の妻は、彼を自宅に連れ帰って死を迎えさせることを拒んでいた。彼の妻は夫に失望していた。彼女の理想の男性像は、強くてたくましい筋力をもち、かつ稼ぎがあることであった。夫はそのどちらでもなかった。しかもいまは骨と皮だけになってしまい、おまけに金がかかった。憤懣やるかたない妻は、いっそ夫を私設療養院に入れて、そこで死なせたほうがいいと考えるようになっていた。

夫は、妻にとって自分の人生がなんの価値もないと思っているらしいことが悲しかった。自分にも取り柄があったと、妻の口から聞きたいという欲求があった。キューブラー・ロスは、彼女に会って夫の気持ちを伝えようとした。だが妻は聞く前に、夫への不満を激しい言葉で語った。キューブラー・ロスは確認するように妻の言葉を彼女の前で繰り返した。彼は弱く、明日にでも死ぬ、しかしだれも彼が生きていたことなど知りもしないだろうと。

ところがキューブラー・ロスが妻の言葉を繰り返している途中、突然、彼女は怒りだしたのである。そして次のように言ったのだ。「彼は、こんな人がこの世のなかにいたかと思われるほど正直で忠実な男性だったんですよ!」。

キューブラー・ロスは感動した。それこそがミスターHが絶望的な気分で待ち焦がれている言葉であった。キューブラー・ロスは、いまの言葉をあなたの夫にじかに言って上げたらどうかと言った。だが、はたして彼女がそうした勧めを受け入れるかどうかはわからなかった。妻が夫を療養院に連れていく時間が迫っていた。キューブラー・ロスは、あなたのご主人にさよならを言いたいのですがと承諾を求め、いっしょに病室に向かった。すると入口のところで妻はまたも怒りだした。そして夫に向かってこう言ったのである。

「わたしこの女性《ひと》に、あんたがこんな人が世のなかにいたかと思われるほど正直で誠実な男性だといったのよ」

ミスターHの顔が大きくほころんだ。キューブラー・ロスは、彼が自分の仕残したビジネスを終えたことを知ったのがわかった。数週間後にミスターHは私設療養院で平和と受容のうちに死んだのだった。

自己同一性不全

一九九八年三月九日、Sという名の二二歳の男の子が死んだ。自家用車を使っての排ガス自殺であった。車の中に遺書の書かれた大学ノート、鶴見済著の『完全自殺マニュアル』、空っぽのウイスキーのミニボトル、睡眠薬の空きビン、精神安定剤、免許証、学生証、ジュースの空きビンがあった。

Sは自殺する少し前にノートに次のように記している。

一月に一回決意したことがあったが途中で、恐怖におびえすくんで断念した。その時から約二カ月間生きてきて、その中でも楽しいこと、愉快なこと、感動した出会い、新しい発見、いろいろあった。そのような充足感を実感でき、これから先も自分の心掛け次第で人生も豊かにできるのに、なぜ、自傷行為に及んでしまったのか、わからない。

ただ言えることは、私の内面の深部にはかなり昔から死を引き起こしうる火種がたくわえられていて何か次なる刺激や衝動を受けるとすぐに引火しそうな状況だったことはあたっている。死ねる口実、死を選ぶ理由がやってくるのを待機していた。

（藤井誠二・宮台真司著『美しき少年の理由なき自殺』メディア・ファクトリー）

なぜ自殺したいのかわからない、わからないけれど昔から死にたかった、死にたいと思い、死ぬ理由がやってくるのを待っていた。このようなS自身の言葉のなかの、昔から死にたかったという箇所が気になる。Sはノートに「もう二度とこの世に生を受けたくはない」という強い表現も残している。変身願望もないと語っている。

「肉体を再構成して精神を定着させる　変身願望はない　もう生まれたくない（中略）かといって生まれかわらないとは思わない」

生き直し、生まれ直しはごめんだ、でも転生ということが起こるかも知れないということまでは否定はしない。ただしそれは自分の意志とは無関係である、そうSは言いたかったに違いない。

もう生まれたくないという言葉と死にたいという言葉とは、同じ意味であるとともに、意味として二つは重ならない面もあるように思える。後者は現在の願望を語っているだけだ。では前者はたんに未来の願望を伝えるだけの言葉であろうか。

ここには、生まれたくなかったという、生まれたことへの否定の感情がこめられている。自分の意志以外のはたらきで生まれてしまったという根源的な受動態としての自己存在そのものを受け入れられないSがここにいる。それゆえにもう生まれたくないという強固な意志表現が選ばれることになったのだ。Sの自己意識は根源的な受動態としての自己存在そのものと違和してしまう。自分は自分であるという感覚を安定的に抱けない、自己同一性不全の状態に苦しむSがいる。

Sは自己同一性不全を深く抱えてしまった者に特徴的な反応をあらわにしている。すなわち、その他のいっさいの理由を本質的ではないとして退けているのだ。

「引き金」を考えよう。就職や将来の見通しのつかなさへの不安感か？　異性関係への盲目的投入か、それとも逆に耐えがたい希薄さか？　夢の喪失か、生きる糧の喪失か？　個別な状況や境地に対する悲観と失意なのか。生きることへの総体的な無気力や虚無なのか？　私にとってはどれも該当するようで、どれもはずれている。仮にそのような欠落やら修復すべきもの、克服すべきもの、脱却すべきものがあれば、それらを埋め合わせたときに、きっと自分の中に巣くっている「死」の願望は抑制されるのかもしれない。

さらにSは明晰さを欠いた頭脳、不完全な容貌、融通のきかない思考スタイル、どれも自分のものであり、それらにおおいに不満であったとも述べている。しかし、だからといってそうした欠陥が、もうこれ以上生きていたくないという地平に自分を追い詰めた決定的要素ではないと書いている。たとえ頭脳、容貌、思考のスタイルすべてが満足できる状態に改めることができたとしても、死への願望は消えることはないだろうと言っている。

死に赴く三カ月前の一九九七年十一月二五日、Sは自殺しようとして未遂に終わっている。その折のノートに自殺の動機を以下のように記している。

「私の自己喪失感と悲観的な人生観」「将来、予想される多くの精神的苦痛や身体的衰退、現在抱える克服することの困難な他方面にわたる不安や無力感、長い間つきまとわれている自己否定感から自由になりたいからだ」

自己喪失感という言葉、長い間つきまとわれている自己否定感という言葉、どちらもSの自己同一性不全をうかがわせるものである。激しい自己同一性不全の感覚が、生まれなければよかった、もう生まれたくないという気持ちをとってSを死へと衝きあげていった、そう思えて仕方がない。

5

イノセンス

死とは何かということを、主観（個人の意識）は定義できない。なぜなら死に行く者の主観は死を体験できないのであり、したがって認識することができないからだ。

主観は身体の死に常に遅れる。だから臨死体験のようなことが起こるのだ。ベッドに横たわる自分、それを取り巻く家族、中心に医者がいて臨終を宣告している。死んだのは自分なのだ。その死んだ自分の状況を斜め上方から死んだはずの自分が俯瞰している。この俯瞰している自分が死に行く者の主観である。

誕生においても主観は身体に遅れる。身体の生成、誕生後に主観は出現する。けれど死とは逆に主観は誕生を記憶し、その記憶を人と共有することができる。誕生後に主観と身体とは一体となって生の軌道を進みはじめるからである。そうであるなら、死の軌道に入ることは身体と主観の一体的結合がほどけはじめ、それぞれが別の軌道に入ったことを意味するのではないか。

高齢化するということに関して吉本隆明がおもしろいことを言っている。高齢化すればするほど、たとえば夫婦は夫婦であっても、人ひとりになるだろう。では、人ひとりはどこにいくかといえば、生まれたところ、母親の胎内というか、そういうところではないかという気がすると（吉本隆明×三好春樹『〈老い〉の現在進行形』春秋社）。

ここで言われている「人ひとり」が、死に行く者の主観にあたっていることは明らかであろう。性は身体に属する。身体の衰えがある段階を越えると、主観とのあいだの一体性が崩れる。身体は夫婦としてふるまおうとしても、主観は別の軌道を勝手に進もうとする。ゆっくりと、あるいはすみやかに。どこへ向かって？　生まれたところ、母親の内へ向かってである。

吉本はさらに内在的に死に迫ろうとする。

吉本　もうひとつ気がついてぼくなりの解釈、理解をしていることがあります。これも逃げ口上というかあまり人にいうことではないんですが、芹沢俊介さんがよく言っているんですが（『現代〈子ども〉暴力論』春秋社）、「生まれてきたことには何も責任はない」という問題と関係してきます。じぶんが産んでくれと言ったわけではないのに、だけど生まれてしまったし、生きて大人になってしまった、その問題です。つまり、ご本人が認識できる限りの〈死〉とは何かといったら「生まれてきたことに責任はない」ということが、じぶんの責任みたいにじぶんの内面でおもえるようになってしまって、それが病気とかと合併し、融合してしまったときに、その人の認識できる死の最後といえるのではないか、ということです。

しかし、ほんとうにその人にとって認識できる限りの、いちばん切実で実感の伴っている〈死〉というのは何かといったら、どうしても「生まれてきたことに責任はない」という、じぶんの責任ではないのに、親が産んだから生まれてきてしまった。生まれてきたから生きてしまったんだということとかかわらなければなりません。そしてじぶんの責任ではないというのは赤ん坊のときのことについてはいえるが、それがぜんぶじぶんの責任だとおもえてきて、そのことと身体の衰えがどうしても切り離せなくなったら、それを〈死〉というよりしようがないのではないか。いちおうはぼくはそうおもっています。

死を外側から客観的にしかとらえることができないもどかしさ。そのもどかしさを少しでも拭いとるためには、生の始まりと終わりの両端を視野に入れて内在的に把握しようとする必要がある。生の始まりとは、主観にとってその生成に関与できなかった問題である。では同じように生の終わりにも主観は関与できないのだろうか。吉本はできると言おうとしている。右の言葉は生の終わりと死とのあいだの境目をいまのところ主観が超えられないことを意識しつつ、その一歩手前で主観が死に内在的に追いつく瞬間を見据えようとしている。

私は子どもの暴力を論じた本のなかで、イノセンス、つまり「生まれてきたことには何も責任はない」という問題について、「生まれたことに責任がある」という反転の地平まで いく内面の過程を指して成熟という言葉で表わそうとしたことがある。吉本はこの成熟の過程に身体を交叉させた。身体の衰えを交叉させたのである。

すると、成熟ということの様相が少しだけ明瞭になることがわかる。生にとっての成熟の頂点を、主観と身体の一体的な結合がゆるみはじめる直前の地点に置くことができるように思えるのだ。

もしそのようにいえるとすれば、死は成熟のピークの先に現われる身体と主観の分離の全過程というふうにいうこともできるだろう。そして、そのようにいえるのなら、主観は死を体験しているのである。

父と子

フロイドの名著『精神分析入門』（井村恒郎・馬場謙一訳、日本教文社）のなかに父の死後、以下のような夢を見た男の人の話が紹介されている。

父親は死んだが、その屍体は発掘された、そしてその顔色はとても悪い。父親はそれ以来ずっと生き続けており、夢を見た当人は父親がそれに気づかないようにあらゆる手だてをつくる。

父親が死んだのは事実である。けれど遺体が発掘されたというのは事実ではない。この夢を見た男性はさらに次のように語っている。父親を埋葬してかえってくると、一本の歯が痛みだした。「歯の痛む時はこれを引き抜くべし」というユダヤの教えにしたがって、その歯を抜こうと思い、歯医者に行った。ところが歯医者はすぐには抜けない。抜くには歯（の神経）を殺さなくてはならないといい、痛む歯に薬を詰めて、三日後にきてくれと言ったのだった。夢は歯の痛みという刺激がきっかけであった。付け加えると男性は、歯が抜ける夢を見ると家族の誰かが死ぬという言い伝えを知っていた。

男性は歯を抜くのと墓の発掘を同じ生きてほしいという願望の表われとみなし、したがって歯と父親とを同一視したのだった。だがフロイドはこの解釈に満足しなかった。彼がフロイドに話したところによると、父は長く患っていたため、その看護と治療に多額の出費を余儀なくされたということであった。だが息子として彼は、父に早く死んでもらいたいものだなどとは考えなかったというのである。彼はみずからの孝心を誇らしげに確言してみせたのである。このことは痛む歯は抜き去るべしというユダヤの律法は父に対しては適用されなかったことを語っている。父と歯の同一視はここに矛盾をきたしている。

フロイドはこの矛盾を二つの方向から分析し、あっと驚くような仮説へと私たちをいざなっていく。まず看護と治療にたくさんの金を消費するだけの父に対する息子の敵意は無意識下に置かれたままであったことを指摘する。自分が孝行息子であったということを誇示しているのは、父に敵意をもったことの記憶を追い払うためのものであった。夢に父への敵意が発動するのを発見できないのはそのためだと述べる。

驚くのはその先である。フロイドは父に対する息子の敵意、生みの父に対する死の願望を、個人的なものだけでなく、男の心理の根底にある普遍的な心の動きとみなすのである。「人間モーセと一神教」のなかでフロイドは、父と子のあいだに起こった一つの神話を記している。古代において父は女性を独占していた。息子たちは、父の嫉妬や怒りをかうような行為をとると殺されるか追放されるかした。あるとき追放された息子たちは語らい、父を殺害し、その肉を皆で食べた。父がいなくなった後、息子たちは父の絶対権を手に入れようと相争ったが、ついに和解した。女性を独占することを断念したのである。——フロイドは父に対する愛憎両価性の起源をこのような神話においた。すなわち、息子の父に対する敵意と憧れの起源をこのように把握しているのだ。

父の側の息子への敵意、すなわち息子の性活動が活発化することへの監視と抑圧と威嚇の動機もこの神話のなかから取り出せよう。だとすれば、フロイドがこの男性の夢を次のように解釈するのは必然といえた。フロイドは先の男性の父に対する敵意の根を小児期の生活のなかに探ろうとして、こう述べる。通常父親は、息子の思春期後の性活動に目を光らせるものだ。父の息子の性生活への干渉は幼児期にまでさかのぼることができる。つまり、息子の無意識の自慰行為に対する威嚇である。この威嚇によって息子のなかに父への恐怖感が生まれる。夢を見た男性の父親への愛には畏敬と不安の念が入り混じっているのが感じられるけれど、それは幼いころに与えられた性的な威嚇に源を発しているに違いないと。

このように述べた後、フロイドは先の夢を男性の自慰コンプレックスとして説明を開始する。「顔色が悪い」というのは、思春期の青年が過度の自慰を行なっていると顔色が悪くなって人にわかってしまうと流布されている俗説と関連している、あるいはそうした俗説にとらえられているため、人に知られることを恐れているということと関連している。したがって夢を見た当人は、顔色の悪さを自分から引き離して父親に押しつけたのである。さらに「父親がそれに気づかないようにあらゆる手だてをつくす」という部分に注目して、若者が自分の性生活を父親の目から隠すためにあらゆる手だてをつくすのは自明のことであると述べ、ここでもほんらいの意味を隠そうとして二つの意味の圧縮と転換が起きていることを示そうとしている。いわゆる歯の刺激による夢は、常に自慰と自慰に対する処罰の恐怖にもとづいて解釈しなければならないというのだ。

父の死が夢のメインテーマではない、それは素材であり、テーマは過去から現在へと継続してきた父と子の関係性の真ん中にあった性をめぐる物語であること、そのことをこのようなまわりくどいかたちで夢は語るのである。これがフロイドの結論であった。

火の番人

父親をめぐるフロイドの夢の話を、もう一つ紹介したい。ただしここでの夢は、夢を見た人の性的生活に還元されるのではない。こんな夢である。

一人の父親が昼夜の別なしに病児の看病をしている。子どもが死んだのちに、隣室に行って休息するが、ドアは開け放しにしておく。大きな蠟燭にかこまれて、棺の中に横たわっている遺骸を自分の寝床から見ることができるように。ひとりの老人が遺骸の番人になって、口の中で経文を誦しながら棺の横に坐っている。父親は二、三時間ねむった後にこんな夢をみる、《子どもが自分のベッドの横に立っていて、彼の腕をつかみ、非難の意を籠めて彼に呟きかける、「お父さん、お父さんにはぼくがやけどするのがわからないの」》父親は眼を覚ます。遺骸室から明るい光りがこっちのほうへ流れてくる。急いでそっちの部屋に行くと、老人の番人がねむり込んで、燃えた蠟燭が棺の上に倒れ落ちたために経かたびらと片方の胸が焼けていた（フロイド『夢判断』）。

その昔、火がまだ貴重であった時代、火が燃えているということは、人が起きているということと同じことであった（柳田國男『火の昔』）。一度ついた火は絶やさないように注意深く保たれたのである。したがって火の番人が眠ってしまったとき、火は統制を失う。統制を失った火は危険である。事実、このケースでも老人の番人が眠り込んでいるうちに蠟燭は倒れ、火は棺の中の子どもに迫ったのであった。

こうした、すぐにも目覚める必要があるような、緊急の事情の下にあるのに、父親が夢を見ていたということはおかしな話ではないだろうか。父親はなぜ迅速に覚醒せずに夢を見ていたのであろうか。もっとはやく目覚めることができれば、子どもの経かたびらを燃やしたり腕を焼け焦がしたりすることはなかったであろうに、どうしてなのか。

これがフロイドの疑問であった。この疑問はフロイドの夢研究全体の要めの一つであり、フロイドの重要な命題とつながっていた。このような問いを立てずに夢のはたらきについての理解に達することはできない。

フロイドは睡眠と夢の関係を踏まえ、右の問いに答えている。夢は父親の願望を充たすために、ねむりを一瞬間だけ延ばしたのだと。夢は夢見る主体を覚醒に導くのではなく、逆に睡眠状態を維持するというのがフロイドの夢に関する重要な命題である。この命題どおり、夢は父親にとって実に意味のあるはたらきをしたというのだ。一瞬間だけ延ばされたねむりにおいて父親は夢を見た。その夢の中で子どもは生きているように振舞い、父のそばにやってきて腕を引っ張って注意さえしたのだ。

「お父さん、お父さんにはぼくがやけどするのがわからないの」

ここでの「やけどする」という訴えについてフロイドは、子どもに死をもたらした熱病とかかわりがあるだろうと解釈している。「お父さんにはわからないの」という言葉がどこに由来するかは不明だけれど、強い情念に裏打ちされた別の事件と結びついているのであろうとも述べている。だがフロイドはそれ以上には分析を加えていない。

私たちの推測を付け加えるなら、不注意がもとで子どもを危機に追いやったことが父親の過去にあったのではないだろうか。その無意識の記憶が子どもの病死とどうかかわっているか、明らかではない。ただ父親の内心に自分の不注意で子どもを死に追いやってしまったという思いがあって、それが過去の記憶と連合して夢の中で父親を自責の念に駆り立てていると考えられなくもない。フロイドが分析を加えなかった理由ははっきりしている。分析が不要なほど父親の本音が夢に明白だからである。子どもが生きていて、自分の前に現われてほしいという願望が父親の本音であるからだ。

よく知られているように、フロイドは夢を願望充足の一つの手段であると位置づけている。夢を見るにはねむりが不可欠である。夢はねむりの中で成立する。願望充足のために無意識は夢を利用し、夢はねむりを利用するのだ。すなわち夢見る主体の願望を充足させるために夢はねむりの時間をそれに必要なだけ延長するのだ。ところでほとんどの場合、夢は本音を隠蔽する。願望充足を動機にしておきながらも、その願望をストレートに語らないのである。だがここに紹介した夢はちがった。夢の主体は率直に本音を現わしたのである。そして子どもにもっと生きていてもらいたかったという願望は夢において充たされた。父親の切実な願望が充たされるためには、ねむりは一瞬間だけ延長される必要があったのだ。そのような意味でこの夢は感動的であった。

フロイドは書いている。「この夢は、それが子どもの生きているところをもう一度示したが故にこそ、覚醒時における熟慮に対して優先権を享けたのである。もし父親がまず眼をさまし、しかるのちに判断を下して遺骸の安置されている部屋へ急いだとしたならば、父親はいわば子供のいのちをこの一瞬だけみじかくしたことになっただろう」。

夢を見ずに目覚めてしまったなら、父親は子どもが生きているかのように振舞い、語りかけてくることを体験することはなかったろう。確かに倒れた蠟燭の火の延焼はもっとはやく食い止めることができたに違いない。けれどそうなったとき、父親は見ていた子どものいのちの夢を一瞬だけみじかくしたことになろうというのだ。父親の見た夢も感動的であるが、このようなフロイドの解釈もまた夢に劣らず感動的なのである。

人間の尊厳

死刑を宣告された人間に自殺は許されないのか？　このなんとも奇妙な、それでいて虚をつく問いをフランスの弁護士のフランソワ・サルダが発している。この問いをより鋭く、劇的にする素材としてピエール・ラヴァルの例をあげている。ラヴァルは、第二次世界大戦のフランス、ヴィシー政権下で対独協力政策を積極的に推進したため、戦後死刑に処せられた政治家である。

ラヴァルの例とは、こういうことだ。処刑の直前に隠し持っていた青酸カリ・カプセルを彼は飲み下すことに成功した。死は彼に訪れるかにみえた。だが発見の方が少しだけ早く、彼は蘇生させられてしまったのである。サルダは、蘇生の場に実際に居合わせたエドガール・ピザニーの文学的な報告を引用してみせる。

ベッドで、ピエール・ラヴァルは死にかけている。彼には何も聞こえないし、私たちの姿もみえない。すでに私たちからずっと遠いところにいる。ぜいぜいとあえいでいる……。医師たちが駆けつけ、看護人が忙しく立ち働く。後でもっとまともに殺すために、生命を救う激しい闘いが始まるのだ。注射、水薬、胃洗浄……。しだいに、あえぎにまじって呻き声が聞こえてくる。ラヴァルはまだ死んでいない。もう死にはしない。意識が戻る……。そして死刑執行人のもとへ戻る。耐えがたい、信じられないようなドラマが、刻々と演じられる。彼を有罪にした人々は処刑のために彼を生かそうとし、弁護した人々は、毒物による彼の死を願う。この人々は、一人の男が死を目前にひかえているという理由から、その男を奪い合っているのではない。彼の死を奪い合っているのだ！

(サルダ著『生きる権利と死ぬ権利』森岡恭彦訳、みすず書房)

サルダは自殺を、ある種の生き方を拒否したり、この世のある情況下で生きながらえることを拒否する叫びであるととらえている。また自殺者は死を呼ぶのではなく生を拒むのであるとも述べる。拒むこと、ここに自由がある。この自由は人間の尊厳に結びついている。

ラヴァルの例をとおして二つの死があることがわかる。一つは管理された生に続く管理された死。言い換えれば死刑。死刑を宣告された囚人にとって、処刑までの時間は、死ではないかも知れないけれど、その人自身の生、つまり自由な生でもないだろう。彼の生は死を与えるためにのみ国家の管理下にある。もう一つは、管理された生を拒むための死、同じことだが管理された死を拒むための死――自殺である。後者は制度の側からすると、違反であり、反逆であり、許されることではないとみなされている。それゆえに蘇生が図られる。

ラヴァルの例ほど劇的でなくとも、日本のように判決から執行までの期間が年単位であるところでは、次のようなケースがいつでも起こりうるものとして想定可能である。死刑囚が進行ガンにかかっていることがわかった場合だ。ラヴァルの例に照らして、その段階で国家がとるであろう処置は原則的に二つ、治療か執行を早めるかどちらかであろう。病いの不可避性にまかせるという三番目の選択はありえない気がする。病死（自然死）を承認することは、生と死の管理を投げ出すことを意味するからだ。

自殺と進行ガンとは同じではないけれど、どちらであろうと国家は断固阻止しようとするに違いない。国家は死刑囚に自由意思も自然の意思も認めない、あくまで国家意思を最優先させようとする。

死刑囚の自殺を許容しないなら、生きる権利、それよりも生きる義務を、どのように主張したらよいのかとサルダは書く。サルダの議論を突き詰めていくと、国家という存在に激突することがわかる。ラヴァルの運命は国家によって決められている。死である。ラヴァルは死を逃れられない運命にある。ならばどう死ぬかの選択は個人にゆだねられてもいいのではないかとサルダは主張しているのだ。自殺は、このような極限的な事態において、個人の人間としての尊厳を維持・貫徹できる行為だといいたいのである。

サルダは書いている。「弟子に囲まれて、毒を静かに飲むソクラテスの方か、それとも、処刑されるために蘇生させられたラヴァルの事例の方を好むのか。どんな社会を選ぶのか決めなくてはならない」。

ソクラテスは死刑を執行されたのだ、自殺したのではない。毒杯を仰ぐという方法は国家が決めた死に方である。ソクラテスは自殺ではない。国家があるかぎり、本質的に死刑はなくならないし、死刑は絶対的に自殺と相容れないものである。このことを確認しておけば、サルダの言いたいことは理解できる。人間の尊厳ということだ。だれもが去りたがらないような生活を用意できなければ、自殺をなくせないとサルダは述べる。去りたくないのに去らなくてはならないところに追い詰められたとき、自殺は人間の尊厳を称揚する行為となる。ソクラテスの死は自殺ではないけれど、自殺と同様にみえる。死が人間の尊厳に満ちている。国家はこのときソクラテスという存在の死にあたって、人間の尊厳にわずかではあるが席を空けたのである。

災厄

呪わしや、牧場なす深山《みやま》の奥でむごたらしい足枷を解き　このわしを死より救って
ふたたび生命《いのち》を与えた人よ、
おもえばあだな　情をかけてくれたもの。
あの日いのちが絶えていたら
この身は友にも自分にも
こんなにひどい苦しみの　重荷とならずにすんだのに。

生まれた子どもを名づけないということは、育てないという親の意志の表明である。子どもの側からみれば、名づけられなかったということは遺棄されたということである。では名づけられなかったにもかかわらず生き延びた子は成長した後、どんな生の軌跡をたどることになるのだろうか。どんな運命を生きることになるのだろう。ソポクレスの書

いたギリシャ悲劇『オイディプス王』(藤沢令夫訳、岩波文庫)はこの観点から読み解くことが可能だ。

テバイの王ライオスは、ポイボス・アポロンの神託によって、やがて生まれてくる子どもの手にかかって亡き者にされるべき運命にあることを告げられる。ライオスはこのことを怖れ、王妃イオカステとのあいだに生まれた子どもをすぐに家僕に命じて、ひそかにキタイロンの山中深く捨て去った。それから十数年後ライオスはふたたびアポロンの神託を請うべく四人の供を連れて旅に出るが、その途次、何者かの手にかかって殺害される。王を失ったテバイの民の上にさらにスフィンクスによる新たな危難がのしかかった。謎をかけ、それに答えられない民を次々に殺すのだ。そこにオイディプス(コリントスの王ポリュボスが父、ドリスの人メロペが母)が通りかかり、その秀でた知力で謎を解き、テバイの町を救う。オイディプスは人びとに推され、ライオス亡きあとの王位につき、ライオスの妻であったイオカステを娶る。そして、平和な十数年が過ぎる。二人の間に四人の子どもが生まれる。しかし、ふたたびテバイは災厄の嵐にもまれることになる。疫病が蔓延し、作物は枯れ、家畜は死に絶え、悲しみと嘆きの声が巷に満ちあふれたのである。

悲劇『オイディプス王』のここが幕開きである。民衆は敬愛するオイディプス王がかつてスフィンクスの謎を解きテバイを救ったように、こんども災厄のみなもとを探し出して、それを断ってくれることを期待する。そしてポイボスのアポロンの神託は、災厄を逃れる道は、先王ライオスの殺害者をつきとめ、彼に罰を与えることだと伝える。だがその殺害者が誰かは示さない。そこで予言者テイレシアスが王の館に招かれる。テイレシアスの口から恐るべきことが告げられる。殺害者はオイディプスその人であるというのである。テイレシアスが告げたのは、それだけではなかった。オイディプスはそれと気づかずに、いちばん親しい身内の人と世にも醜い交わりを結んでいるというのだ。

オイディプスは信じることができない。だが思い当たるふしはある。テバイの王になる以前に、宴席で酔っ払いから自分の両親はポリュボスとメロペではないということを言われて気になり、そのことを確かめに両親に内密でアポロンの神託をうかがいに行ったことがあったからだ。アポロンはそのときオイディプスの疑問には答えず、まったく別のお告げを下したのである。それが実母との近親相姦によって子をなし、あまつさえ実父の殺害者になるだろうという神託であったのである。オイディプスはこの予言が事実となることを恐れてコリントスを離れて旅に出たのである。テバイにきたのはその旅の途中であった。したがって、ポリュボスとメロペの子どもである自分は父を殺していないし、母とも交わっていない。では、酔っ払いが口にした言葉は何を伝えているのだろう？　劇はオイディプスのこのような不安をめぐり、うねるような展開をみせる。この文章のモチーフに沿って話をまとめあげよう。

オイディプスはライオスとイオカステの子であった。つまり彼らによって神託におびえ、生まれて三日もしないうちにキタイロンの山奥深く捨てられた子であった。彼は名づけられない子であったのだ。子どもの両足の踝は留金で刺し貫かれていた。ライオスの家来はこの赤子を殺すことに忍びず、一人の羊飼いに渡した。彼が子どもの踝から留金を抜いたのである。残った傷痕がオイディプス王の過去を語っている。なぜなら養い親は彼をオイディプス（腫足）と呼んだからである。オイディプスという名はほんとうの名づけではない。親によって殺された（殺されるはずであった）という事実を告げているだけである。オイディプスという名は親の暴力によって一度存在を消去された体験を告げるものであったのだ。

生みの親の暴力により存在の根源に受けた傷は、やがて予測もつかない惨劇を生む契機となる。これがこの悲劇を今日的に読み込んだときに浮上してくるテーマである。神託は人間には予測不能の事態にのみかかわる。事実がすべて白日のもとにさらされたとき妻のイオカステは首をくくって果て、オイディプスはかつて自分の踝を貫いた留金で両眼を突き刺した。終幕近く盲目になったオイディプスは冒頭のように自分の運命を嘆いたのである。

破滅願望

ソポクレスの悲劇『オイディプス王』の粗筋はすでに述べた。では、遺された四人の子どもたちはどうなったのか？　読者の関心は当然、そこに集まるはずである。ソポクレスはこの四人の子どもたちの運命をテーマにした悲劇を書いた。それが『アンティゴネー』である。

神託が示したとおりの無残な両親の最期を目の前でみることになった四人の子どもたち。長じた彼らに信じがたい不幸がふりかかるのだが、彼らを見舞った不幸は、心理学的に読むと、両親の無残な最期を目の前でみたことによって四人の子どもたちの受けた心的外傷（トラウマ）が引き寄せたものということになる。

劇の主人公はアンティゴネーとイスメーネー。傷は、ある出来事をきっかけに破滅願望というかたちをとって、姉妹の行動面に対照的な姿で露わになる。

オイディプスの退位後、二人の息子エテオクレスとポリュネイケスが一年交代でテバイの王位につくことになるのだが、この約束が守られなかったことから、兄弟は不和となり、一方のポリュネイケスが国を追われる。アルゴスの王の女婿となったポリュネイケスは王位を奪回しようとテバイを攻撃する。そして敵同士となった兄弟はともにおたがいの槍に突かれて死ぬのである。この呪われたような王位をめぐる悲劇も、彼らに埋め込まれてあった破滅願望の表われとみなすことができるかと思う。

兄たちの死後、叔父クレオンが新しく王位についた。クレオンは兄たちの遺体の処理をめぐって布令を出す。この布令をきっかけに姉妹の運命は、大きく動き出すのである。

布令はいう。国を護って戦ったエテオクレスに対しては墓を築き葬り、最高の使者を送るにふさわしい儀式を執り行なう。他方、この国を滅ぼそうと企んだポリュネイケスに対しては、埋葬はむろんのこと哀悼の涙を流すことも禁じる。遺体は野にさらし野犬や鳥の餌食にせよ。この禁令を破った者に対しては厳罰が下されるだろうと。

この布令に激しく反発したアンティゴネーは、あえて禁を破り、兄の遺体を埋葬しようとする。だが番人に捕まり、クレオンのまえに連行されるのである。クレオンはアンティゴネーを丸天井の墓穴に閉じ込める。アンティゴネーは閉じ込められた墓のなかで首を吊って果てる。ここまでのアンティゴネーの行動は、彼女自身の内なる破滅願望をかなえるためのものであったとしか思えない。その意味でアンティゴネーは目的を遂げたといえよう。

だが悲劇の波はここで止まらず、クレオンの家族へと押し寄せていく。アンティゴネーの後を彼女のいいなずけであったクレオンの末子ハイマンが追う。さらにハイマンの死に絶望した母（クレオンの妻）がその後を追ったのである。自分の硬直した政治感覚が発した布令が原因で起こった連鎖的な悲劇にうちひしがれるクレオン。劇は自分の愚さを責め、嘆くクレオンの悲痛な声で閉じられる。

ところで、このドラマで私が立ち止まったのは冒頭近く、王の出した布令をめぐる姉妹のやりとりのなかに現われる二人の対照的な態度であった。

クレオンが布令を出したことを知ったアンティゴネーは妹を呼び出し、兄ポリュネイケスの埋葬をとりおこなうので手伝ってくれるよう依頼する。だがイスメーネーは、よけいな騒ぎをしてみても、何のたしにもならないと言って、姉と共同歩調をとることを拒否する。そして、こう言うのである。

「それよりも、よく考えなければいけませんわ、第一に自分たちが女であること、それで男の人と争いあうよう生まれついてはいないというのを。それから、力のもっと強い者に支配されている、ってことも。それゆえ、今のことでも、またもっと辛いことでも、服従するほかありませんわ。ですから、私としては、あの世にいる方にも容赦を願って、権力を手に握っている者のいうまま、やっていくつもりですの。そうするほかないのですもの」（呉茂一訳、岩波文庫）。

思いがけないこの妹の言葉に怒ったアンティゴネーは、たった一人で王権と激突し、無意識が願っていた自らの死を成就する。こうしたアンティゴネーの行動はすでに記してきたようにわかりやすい。

問題はイスメーネーである。彼女に破滅願望は出現しなかったのだろうか。右の言葉でイスメーネーは強いものにさからわず、忍従して生きのびること、それが女であることの宿命だと述べている。幼いときに両親を失った女性が生きていくうえで身につけた処世術なのか、それとももっと根底において女性を規定している権力的・暴力的存在に対する本能的な身の処し方なのか、ほんとうのところはわからない。ただここには姉にある正義感、主体性、自尊心のかけらもないことは確かである。あるのはひやりとするようなニヒリズムだけだ。

こう書いて、私はハッとる。このニヒリズムに触れえた読者は、イスメーネーもまた、言葉とうらはらに押し殺した深い悲哀の情の下に破滅願望を抱いていたであろうことを直感するのではないだろうか。

ベビー・ブルーズ

「ところで、ご存知でしょうか。ブラジルに移送されたアフリカの奴隷たちが土を飲んで自殺していたということを」（『〈母〉の根源を求めて』永田共子訳、光芒社）

女性と聖なるものをめぐるある精神科医（ジュリア・クリステヴァ）との往復書簡のなかでフランスの作家カトリーヌ・クレマンが、唐突に持ち出した話題である。土を飲んで自殺する、なんだろう、この死の感触は、と思う。

クレマンはこの話を持ち出すまえにベビーブルーズ、すなわち「産後うつ病」を話題にしていた。ベビーブルーズとは、出産後の、つまり腹部が重荷をおろしたあとに産婦を襲う空虚感のことである。もう少し正確に記すとお腹に何もなくなってしまったという喪失感に直面した母親の精神状態を表わしている。ベビーに連結されたブルーズ（blues）という言葉は空虚感がもたらす悲哀と憂鬱の響きがある。

クレマンはベビーにブルーズという音楽用語（日本語ではブルース）がくっついた理由を

問いかけている。ブルーズはアフリカからアメリカへと強制移送された奴隷たちの音楽である。自分が自分であるという存在の同一性を支えていた「母なる大地」（故国）を失った人たちの音楽であるブルーズには、深い喪失感とそれにともなう悲哀が基底にある。

他方出産は、一〇カ月間も一体であったお腹の我が子と別れることである。こうした別れが喪失感をもたらし、その結果強い悲哀の感情にとらえられることがある。

母なる大地はその土を食べる子どもと一体である。同じように母親（妊婦）は自分の身体から栄養を得ている子ども（胎児）と一体である。この状態において、子どもが母（母なる大地）を失うことと、母が子ども（胎児）を失うこととは同じである。ブルーズの基底の情感と赤ちゃんを産んだ直後に母親が襲われる情感は、同じであるといっていいだろう。これが産後うつ病を表わす言葉にブルーズを用いた理由ではないか。

以上は私なりの解釈である。クレマンはしかし、こうした情感の共通性よりも、自殺の特異さに対話者の関心を導いていくのである。

この変わった死に方の本当の意味を、私はダカールではじめて理解しました。（中略）学生と（中略）ウィニコットのいう過渡対象について学んでいたときです。東アフリカにおいて過渡対象はおくるみ、またはぬいぐるみの熊といった形のものではなく、まぎれもなく土なのです。子供たちはそれを、家の女性たちが優しく見守るなかで、喜んで口にするのです。この習慣は単に認められたものというより、強制されたものです。大人になるためには、土を食べなければならないと。祖国を追われた者は、自国のものでない土を食べて死ななければならないのです。「おまえの現存在《ダーザイン》を食べなさい」ハイデッガーを引用してラカンはこう述べています。アフリカにおいては現存在《ダーザイン》は大地に属するものだということを、頭に置かなくてはなりません。「ブルーズ」は、土から生まれたのです。歌を腹式呼吸で歌うことと、それは通じています。

赤ちゃんは乳房に満たされると、次におくるみやぬいぐるみの端っこをしゃぶるようになる。子どもが成長したことのしるしだ。なぜなら乳房と異なるモノを口が対象として発見したからである。おっぱいが過渡対象の原型であり、おっぱいの次に口が発見したものが最初の過渡対象である。過渡対象は乳房であると同時に乳房とは異なっている。

イギリスの精神科医ウィニコットは子どもが対象を次々に遠くに求めていく過程に遊びをみた。そうした遊びこそが〈自由と成熟〉をもたらす本質であることを発見したのである。乳房を対象とすることからはじまる遊びこそが、現存在つまり自分が自分として〈いま・ここに・ある〉という自由の感覚をつくるというのである。

ところで、日本の子どももごく自然に土を口に入れようとする。ところが、私たちは汚いという理由でその欲求を制止してしまう。このことは日本人にとって、さらには西欧人にとっても、土が子どもから現存在を形成する契機を奪っていることなのか、それとも現存在を形成するための不可欠な要素ではないということを伝えているのか、どちらなのかわからない。

わかっていることは、母と一体であることが子どもにとって現存在を形成する第一歩であるということだけだ。赤ちゃんの現存在は母＝乳房に属するのだ。ここまでは世界共通である。だがそのわずか一歩先に別れ道がある。東アフリカにおいて子どもたちは、乳房の次に土を口の対象にする、それは母によって強制さえされているとクレマンは述べる。

かくして乳房の上に大地が重なる。アフリカ人の現存在は母なる大地という乳房に属するのだ。土は乳汁である。奴隷として他の地へ移送されることは、そのような〈自由と成熟〉の契機を失うことを意味するのである。これがアフリカの奴隷たちが異国の土を飲んで自殺するほんとうの動機ではないか。

自分の現存在である土を食べることができない奴隷たち、そういう喪失状況の捕囚になりながらも生きようとした奴隷たち。ブルーズは彼らのそんな絶望的な悲哀感情の表出として生まれた、とカトリーヌ・クレマンは言いたかったに違いない。

罪

母親という存在はときに、とてつもなく残酷だ。よほどの幸運がないと、子どもはつぶされることなく、自己を維持し続けることはできないに違いないと思えるほどに。フランソワーズ・ドルト著『少女時代』（東郷和子訳、みすず書房）を読んでの感想である。

ドルトはフランスの精神分析医である（一九〇八〜一九八八年）。なぜ精神分析医になったのか、というドルトの長女の問いに答えたのが『少女時代』である。彼女はこの本のなかで、子どもの治療は子どもから受け取ることで成り立つものであると述べている。なにげない発言のようにみえるけれど、ドルトが信頼にあたいする、すぐれた女医さんであったことを伝えてくる言葉だ。子どもから受け取ることは、やさしくない。とりわけ、ある種の人たちには絶対に不可能なことだ。ある種の人たちとは、指導したがる人たちのことである。言い換えれば母性のない人たちのことである。母性的であるとは、ありのままの子どもの姿を受けとめようとするところに現われるものである。子どもをかわいがるから母性的なのではなく、子どもをありのままで理解しようと努力することが母性的なのである。少女時代のドルトは、母親との関係において母性的であった。というより母性的であることを求められたように思える。ここに母親という存在の残酷さを感じたのだった。

ドルトはなぜ精神分析医になったのかという長女の問いに、以下のように答えている。八つのころから医者になりたいと思っていたのだから、いずれにしても医師にはなったろうけれど、わが家の家族構成を震撼させた姉の服喪体験がなければ、けっして分析医にはならなかったであろうと。

ドルトの姉ジャクリーヌは骨肉腫にかかって死んだ。まだ一八歳であった。姉の死によって、とても陽気だった家のなかは火が消えたようになった。父と母ではそれぞれ服喪の仕方が違った。父はいつも姉の話をしたがり、母は姉の話をすることを家族に禁じたのだった。

姉の死の直前、母はドルトに対して異様な態度をとった。異様な態度は姉の死後も続いた。

「私はだいぶ大きくなっていました。十二歳で、心も体もまだ子どもだったけれど、これ以上ないほど恐ろしいことだった。最初の聖体拝受の前の晩のこと、母が私に告げたの。姉が死病にかかっていて、医者も直せない。でも神様なら奇跡を起こせるだろう。純真無垢な子どもが祈りを捧げれば、きっと奇跡を起こしてくださる、そういうの。（中略）とにかく私が祈れば少なくとも姉は死なずにすむだろう、そう教えられたの。そして私がちゃんとお祈りできなかったために、二カ月後に姉は死にました。私はみんな自分のせいだと感じたし、母もそうだといいました。私に罪があるというのよ。母はまず、こういったわ。『わかっているでしょうね、あなたがちゃんとお祈りができなかったからよ』」

それから二週間というもの、母はドルトに顔も見せなかった。ドルトは茶色の目と髪の、母親似だった。他方、姉はブロンドで青い目、母にとっては誰よりも大切な自分の父親に似ていた。それに、父にとってもいちばん好きだったお姉さんがやはりブロンドで青い目をしていた。姉は、両親のどちら側からみても、子ども時代に大好きだった人を思い出させる子だったのだ。当時六人の子どものうち、娘はドルトと姉の二人しかいなかった。ドルトは、母にとって娘のどちらかを失わねばならない運命だったとしても、それが姉だったということに耐えられなかったのだと推測している。子どものドルトは、罪の意識を植えつけてくるそのような母親をとてもかわいそうに思い、母親のいうことはそのとおりだと考えていた。

しばらくして母は末っ子を妊娠した。ドルトはこの子が生まれて母の心の傷を癒してくれることを期待した。母が望んでいたのは姉が生まれ変わることだけだった。だが生まれたのは男の子であり、しかも髪もブロンドではなく青い目でもなかった。母はブロンドで青い目の女の子を欲しがっていたのに、生まれたのが茶色の目と茶色の髪をした男の子だったものだから、おっぱいをやることしかしなかった。そして、女の子が生まれなかったといって涙にくれてばかりいた。赤ちゃんの世話をするのは必然的にドルトの役目となった。ドルトは、生まれてきた子が母親にとって亡くした子の身代わりになる、女の子じゃなくてよかった、幸いだったと述べている。弟が生まれて、家族の雰囲気もいくらかましになったとも。ドルトはこのとき、一五歳でしかなかった。

姉の死のあとうつ病になった母にドルトはいつも話しかけ、いっしょにいるようにしていた。母はドルトに自分と同じ服装、同じ格好をさせたがった。ドルトは、そうしたことが母には必要なんだと考えた。ドルトがこのような母親のいる家族を離れたのはようやく二四歳になってからである。

ドルトは、この長い服喪期間を次のように述べている。

「私は全然困らなかったわ。だって、二十五歳になったら医学をやって、自分の人生を始めるまで、自分はここで『待って』いるんだとわかっていましたから。そして、待っている時間をまわりの人々を幸せにするのに使っていました」

母性と自我の、ほとんど奇跡といっていい邂逅がここにある。

未生怨

未生怨《みしょうおん》という言葉に出会った。背筋がぞくりときた。仏典のなかの言葉だ。文脈からは生まれるまえにすでに父を殺すことが宿命づけられているような存在ということになろうか。この言葉は、行為をめぐる私たちの平面的な〈加害―被害〉の観念に根底から揺さぶりをかけてくる。

阿闍世《あじゃせ》はこの聖者を見てすぐ、「なぜ、顔・形がやつれて、愁いの色を含んでいるのですか」とたずねた。提婆達多《だいばだった》が、「わたしはいつもこうなのです。あなたはご存じなかったのですか」というと、阿闍世は答えて「そのわけをお話しください、承りましょう。どんなことがあって、そうなのですか」といった。提婆達多が「わたしはいまあなたに対して深く親愛の情をいだいていますが、世間の人があなたのことを罵って、理にはずれた人だといっているのを聞いて、どうして心配しないでおれましょうか」というと、阿闍世太子はさらにこういった。「国民はどのようにわたしを罵りはずかしめるのですか」と。提婆達多が「この国の人たちはあなたを未生怨と呼んで罵っています」というと、阿闍世はまた「なぜ、わたしを未生怨と呼ぶのでしょうか。だれがこんな名前をつけたのですか」といった。提婆達多は「あなたがまだお生まれにならなかったとき、国じゅうの占い師が一人残らず、この子は生まれると、きっとその父を殺すに違いない、と言いました。ですから、世間の人はこぞってあなたを未生怨と呼ぶのです。しかし宮殿内では、人はあなたの心を荒だてないようにと、阿闍世（善見）と申しているのです。また母の韋提希《いだいけ》夫人はこの占い師の言葉を聞いて、あなたを生みおとした後、高殿からあなたを落として、あなたの指を一本折りました。このことがあって、人はまたあなたを指折れ婆羅留枝《ばらるし》とも呼んでいたのです。わたしはこれを耳にしてから、心に愁いと怒りがわきあがりましたが、やはりあなたに向かってこれをお話しすることはできませんでした」といった。また提婆達多はこういったたぐいのさまざまな悪事をたきつけて、父の王を殺させようとし、「もし、あなたが父を殺すときは、わたしもきっとあの修行者、瞿曇《くどん》を殺すでしょう」といった。

（『涅槃経』。ただし引用は石田瑞麿訳、親鸞『教行信証』信の巻によった）

瞿曇《くどん》は如来である。阿闍世の父は王舎城の王頻婆沙羅《ひんばしゃら》といい、母はすでに引用にあるように韋提希である。

興味深いことは、提婆達多の話を聞いた阿闍世がすぐにその事実を行雨《ぎょうう》という大臣に確かめ、そのとおりだと知ると、父王殺害を実行に移そうとしたことだ。『涅槃経』は、提婆達多が悪事をたきつけたと記している。阿闍世の心にそれまでなかった欲望を植えつけたということであろう。ここでの欲望は、父王にかわって自分が王位に就きたいという権力欲である。

だが別様にも解釈できそうに思える。ギリシャ神話を題材にしたソポクレスの悲劇『オイディプス王』において、オイディプスは相手を父と知らずに殺害してしまう。だが、その父殺しは神託によってすでに予言されていた。ここからフロイドは父殺しの欲望は無意識であると考えたのだった。阿闍世の父殺しはオイディプスと対称的である。まず提婆達多によって自分の意識下にあった父殺しの衝動を未生怨という言葉でもって顕在化されている。無意識は表に出ている。そして、あたかも未生怨という言葉に促されるように阿闍世は父殺しを遂行しているようにみえる。

オイディプスの物語も阿闍世の物語も、ともに子どもの内面深くにある父殺しの欲望を明らかにしている点では共通している。またともに父殺しの遂行後に深い罪障感にとらわれる点も共通している。フロイトはそうした罪障感をエディプス・コンプレックスという言葉で、仏典は慚愧《ざんき》という言葉でとらえようとしたのだった。

だがここで注目してみたいのは、仏典は同時に、阿闍世の行為を、父頻婆沙羅の宿命あるいは宿業なのだと言おうとしているところである。父王はみずから罪をつくってその報いを受けたのであり、それゆえどうして父王が息子に父殺害の罪を与えることができようというのである。父王殺害を阿闍世の行為と見る視点だけでなく、父王その人の宿業ととらえようとするのである。

頻婆沙羅はむかし悪心を抱いて鹿狩りに出かけた。ところが獲物は皆無、そのとき神通力をそなえた仙人に出会った。王は仙人を見て怒りに駆られ、仙人を獲物に見立てて走らせ追い詰め、部下に命じて殺させた。仙人は死に際に誓っていった。

「わたしは実際、なんの罪もないのに、お前は心と口で無道にもわたしを死に追いやった。わたしは来世にはきっとこのようにまた心と口でお前を殺すはずである」

未生怨ということ、宿業ということの意味が右のエピソードのなかに浮かびあがってきていることがわかろう。

迷宮《ラビリンス》

J・L・ボルヘスの短編「円環の廃墟」(『伝奇集』所収、鼓直訳、岩波文庫)は、厄介なことを私たちに問いかけてくる作品である。

私たちは自分という存在が自立自存していると考えている。しかし、それはおおいに疑わしいことなのであって、ほんとうは自分以外の誰か他者によって夢みられているがゆえに、ここに存在しているにすぎないのではないか、というのだ。つまり、おのれとは他者に夢みられなければ存在しない幻であるというのである。

彼に夢みられる、だからあなたが存在する。あなたに夢みられる、だから私が存在する。このような夢の円環によって支えられているため、人は自分の存在のリアリティを疑わないですむ。しかも、これが厄介なことに本質なのだけれど、人は生きているかぎり、この夢の円環の外に出ることはできないらしいのだ。そうボルヘスは作品に語らせたのだった。

夢はここで物語といってもいいであろうし、また文字通り目をつむったときに出現する無意識下のリアルな映像と把握してもいいように思える。盲目だったボルヘスとこのような認識とは関連があるかもしれない。だが、ほんとうのところはよくわからない。

さて、「円環の廃墟」の粗筋はこうである。主人公の老魔術師は、生涯の最後の魔術をこころみるのにもっともふさわしい場所として山奥の崩れた無人の神殿を選ぶ。彼のもくろみは、自分の分身である息子を生み出すことであった。彼によれば、自分が求める人間像を細部まで完全なかたちで夢みることができれば、その夢みた人間を現実へと押しだすことができるはずなのであった。老魔術師は、墓穴を探して横たわり、身体を木の葉でおおった。

こうして眠りについた魔術師が最初にみた夢は、彼が講義する教室を埋める大勢の学生たちの顔であった。魔術師はその無数の顔のなかから一つだけ残し、それをもとに自分の望む人間を作り出そうとした。だが彼の夢は細部を描くまでにいたらなかった。

魔術師はもう一度挑戦すべく身体を清め、星の神々を拝んで、大いなる御名を正しく唱え、再度眠りについた。するとこんどは鼓動する心臓が夢に現われた。彼はこの鼓動する心臓のまわりに次々と他の主要な臓器を夢をみる仕事に没頭し、一年たたないうちに頭蓋と瞼を作るところにまでこぎつけたのだった。

髪の毛を一本一本生み出す仕事がもっとも困難であった。それでも千と一夜をかけて老魔術師は、一人の若者を作ったのだった。しかし、この若者は目も開かなかったし、立ちあがろうともしなかった。

手続きのどこかに不備があるのか、なにかが足りなかったのだ。その足りないなにかを求めて大地と川の神に祈るのに疲れた男は、こんどは火の神に祈ったのである。火の神は老魔術師の希望をいれ、夢の像（幻）に魂をさずけ、血肉のそなわった人間にしようと約束する。「夢みていた男のなかで、夢みられた人間が目覚めた」と作品は書いている。

老魔術師は目覚めた息子に、それから二年余をかけて世界と火の礼拝の秘儀を教えた。その後で火の神が命じたとおり、「ある声」による祝福を受けさせるために、彼をここととは別の、やはり無人の神殿に送り出したのだった。

それからしばらくして、老魔術師は通りがかりの二人の男に、下流にある廃墟に、火の上を渡っても火傷をしない不思議な人間がいることを告げられるのである。聞いた老魔術師は、間違いなく息子であると思った。と同時に老魔術師の心に不安がきざした。炎に触れても自分の身体が熱くもならず燃えもしないという異常な現実をまえに、息子が自分は人間ではなく、人間の夢であること、単なる幻であるということに気づき、悩むのではないかというふうに。

親としてまっとうなこの不安には、一つだけ欠点があった。老魔術師自身に自分もまた幻にすぎないのかも知れないという疑いがないことである。彼の夢が息子を生み出したのと同様、自分も誰かに夢みられて作られた幻であるのかも知れないという疑念がないのだ。だが、このような疑いをいだき、それを確信に変えるには、人は夢の円環の外に立たなければならない。老魔術師に生涯においてその最初にして最後のチャンスが訪れた。ボルヘスは書いたのだった。

男の瞑想は不意にとぎれたが、ある兆候は早くからそのことを教えていた。まず、(長い旱魃のあとで)小鳥のように軽やかな雲が遠い丘に現われた。ついで、南方の空が豹の歯茎めいた色を帯びた。それから、夜の鋼を銹させる煙が上がった。そして怯えた動物たちが走った。何世紀も前に起こったことがくり返されたのである。火の神の聖域の廃墟は火によって破壊された。小鳥たちも姿を見せない夜明け、魔術師は、同心円を描く火が壁を囲むのを見た。一瞬、水中に逃れようと思ったが、しかしすぐに、その老いを飾り、労苦から解き放つために、死が訪れようとしていることを悟った。彼ははためく炎に向かって進んだ。炎はその肉を嚙むどころか、それを愛撫した。熱も燃焼も生ずることなく彼をつつんだ。安らぎと屈辱と恐怖を感じながら彼は、おのれもまた幻にすぎないと、他者がおのれを夢みているのだと悟った。

生命《いのち》のいた場所

限界を超える肉体的苦痛に耐えるために、あるいは耐えきれずに、精神(意識)は肉体を離れる。解離と呼ばれる現象だが、このようなことが起きることはいまではよく知られている。だが肉体を離脱した精神の運命についてはそれほど明らかなわけではない。でも次のようにはいえるかも知れない。肉体を離脱した精神がどこへ向かい、なにに遭遇するかは、そのとき直面している苦痛のみなもとに関連があるように思われる。精神がさまよう場所、精神の彷徨の仕方は、現に受けている苦痛の種類、質、理由などによって、おおよそ決定されるのではないかと。

私は激しく泣いたようである。

激しい陣痛と限界を超えた力みの繰り返しのなかで、か弱い産声を聞き、ぬるぬるの小さな身体を私のお腹の上に乗せてもらって自分の眼で確認したというのに、その後の麻酔で混乱に陥った。

なにかが見える。

天井だとしか思えない、しかし目線からそう遠くない広い一面。私の目を覆い隠すかのように、目に見える世界のすべてはピンクの絹布に覆われていて、それはふわふわと揺れ動いていた。これは部屋だろうか。そう思いながらぼんやりと眺めている自分の身体は部屋の内側なのかそれとも外側なのか、見当もつかなかった。

しかし、なんでピンクなんだろう、特に好みの色でもないのに、とも思いながら、しばらくのあいだ私は、自分がいったいどこにいるのかわからなかった。

少しずつ麻酔から覚めていく自分を感じ、自分が激しく泣いていることがわかった。

現実を感じ、自分の身体の居場所が段々と見えてきたというのに、精神の方は、さっきまでいた場所からの切り替えがなかなかうまくいかない。

（ミーヨン著『I　was　born』松柏社）

このエッセイの著者の場合、解離は直接には出産時の苦しみではなく、その後の麻酔がもたらしたものであるけれど、解離の内容は間違いなく出産という出来事と関連していた。精神は、すべてがピンクの絹布に覆われた世界を目のまえにして、「穏やかな」と著者自身が形容するような心理状態を体験している。その一方で、身体は理由のわからぬ激しい感情の動揺に襲われているのだ。この精神（意識）と身体、知覚と感情の解離の発生について著者は「私は自分ではコントロールのできないところで、彷徨っていたようである。それはまるでアンテナのように、以前あったできごとと無意識のなかでつながり、精神と身体を分離させたようであった」と説明している。

痛みを麻酔でおさえることは、痛みとともにあった身体感覚をも奪うことになりかねない。意識は身体感覚という重し、つまり身体といっしょにあった地上の場所性を失って、浮遊し、乱高下しはじめる。この浮遊・迷走の状態は同時に、思いがけない世界とむすびつくチャンスでもあるのだ。

ここでいう「以前あったできごと」とは、死産の体験である。「彼女は確かに生まれようとしていた。弱い陣痛があり、もうそろそろこの世に出る頃だよ、と私に知らせようとしていた。しかし彼女は生まれなかった。いったい何が彼女の出生を妨げたのかわからないまま、彼女は息を引き取り、この世には存在したことのない命として去っていった」と著者は書いている。このときの死産の体験の記憶と、統覚を失って「さまよう私」がつながって、解離は起きたと著者は言っているようにみえる。

直感的な言い方をするなら、穏やかで静的な心理状態と激しく泣くといった動的な身体状態、このような精神と身体の一見正反対の反応は、実は一つの出来事、一つの感動体験の異なる現われであったのではないだろうか。

ピンクの絹布に覆われた空間の映像には、他になんら具体性がない。世界が生まれる以前の世界ということになろうか。著者はそこで穏やかな気持ちになっている。だとすると、この空間は子宮の内部という想定も可能になる。

そこは生まれなかった生命《いのち》がいた場所である。著者はこんな穏やかな場所に生まれなかった生命があったことを知って安堵している。そこはまた、たったいま生まれてきた生命がいた場所でもあるのだ。もうひとつ、著者が生まれる以前にいた羊水のなかの記憶もまたこのピンクの空間感覚の訪れのなかに、それと知らずによみがえっていると考えることもできよう。

生まれてきた生命と生まれなかった生命はここでむすびついている！　このことの発見が感動となって、著者は母親としての自分の誕生を肯定することができたのではないか。それが精神と身体の一見正反対の反応となってあらわれたのではないだろうか。

楽園

カリブ海に面した、二〇軒ばかりのバラックが点在するだけのある寒村の海辺に、とてつもなく大きな漂流物が打ち上げられた。発見したのは海辺で遊びに興じていた子どもたちであった。子どもたちが漂流物にまつわりついている海藻やクラゲの触手、無数の小魚、ごみ屑などを取り除いてみると、下から水死体が現われた。すぐに水死体は子どもたちの玩具になった。子どもたちは水死体を砂に埋めたり、掘り起こしたりして遊んでいた。

子どもたちが水死体で遊んでいるのを通りがかりに見た人が、あわてて村に帰って、みんなに知らせた。こうして水死体は村に運ばれてきたのだった。

これが、G・ガルシア・マルケスの短編小説「この世で一番美しい水死体」(『エレンディラ』所収、鼓直・木村榮一訳、サンリオ文庫)の導入部分である。ここから、私たちは水死体をめぐる村の女たちの奇妙な動きを体験することになる。奇妙な、と書いたが、それはごく自然なというふうに言い換えても同じだ。要するに、男である私には諒解不能なのである。

水死体は村では珍しくなかった。埋葬する土地がないので、死者が出ると遺体は崖から海へと投げ捨てられていたからだ。だから、水死体が土地の人間かどうかすぐ見分けがついた。水死体の男はよそ者であった。そのよそ者の水死体が村の女たちの心を奪ってしまったのだ。男たちが見たこともない巨軀で美貌であったからだ。

村の女たちは、水死体をきれいにしながら、死体に付着している海藻が遠い大洋の深海に生えているものだということに気づいた。このことは水死人が海の底を知っている証拠であった。海の底を知っているのは水死人だけだということは、海辺の村人たちにとって昔から伝えられてきた常識であった。また水死人が世界各地の海を漂流することも知っていた。水死人は世界の海を知っているのだ。だから水死体が遠い大洋の深海に生えている海藻を付着させていたからといって彼女たちは驚かなかった。

同じマルケスの短編「失われた時の海」のなかに、ヤコブ老人の妻ペトラが亡くなって海に投げ棄てられてから六カ月後、彼女が地球の裏側のベンガル湾の真昼の海面を漂いながら、顔を起こし、照明の明るいショーウィンドーのような海水を通して、巨大な客船が通るのを眺めている姿が描写されている。このことは想像でも妄想でもなく、彼らにとってそれが水死人というものなのだということなのだ。こうしたことだけでも、その水死人は村人たちの十分な畏敬の対象であった。

それだけではなかった。水死体の男は村の女たちの日常感覚を完全にくつがえすものであった。彼女たちがこれまでに見かけたどの男よりも背が高くて堂々たる体躯をしており、見るからに凜々しく逞しかったのだ。村の女たちは夢をみているのではないかとわが目を疑った。村にはその男を寝かせるほどの大きなベッドもなければ、男が着られる服も靴もなかった。この偉丈夫が住んでいたら、家の戸はどこよりも広く、天井はどこよりも高く、床はがっしりした造りになっていたことだろう。男の寝るベッドはどんな重さにも耐えうる材料が用いられるだろう、彼の妻になった女はこの世でいちばんの仕合わせものになるだろう。男は漁もうまく、荒れ果てた岩地に井戸を掘り、絶壁をお花畑に変えてしまうに違いない。そう考えると、自分の夫がつまらない人間のように思えて、うとましくなったのだった。

女たちが心を奪われた証拠に、彼女たちは水死人の名を推測しはじめる。「顔を見ると、エステーバンという名前じゃないかって気がするね」年の功で他の女たちよりも冷静な女が言う。これに対して若い女の中から「この人に服を着せて、エナメルの靴をはかせ、花で埋めてやれば、きっと、ラウタロという名前のほうがぴったりするはずだ」という意見も出た。結局、彼はエステーバンにちがいないということになった。それから女たちは寄る辺ない身の上であったろうエステーバンの生前の不遇を思って泣くのだった。

女たちが急にはしゃぎだしたのは、村の男たちが水死人の身元を尋ねて近くの村を回った末に、どこの村にも心当たりがないということを伝えたときであった。

「おお、神様、ありがとうございます。これでこの水死人はわたしたちのものになりました」

この率直すぎる言葉は、水死体が彼女たちの生活の内部に組み込まれたことを意味している。たんなる水死体ではなく、彼女たちの日常の生活環境を根底から変えうる動力として彼女たちの内部の中心に位置づけられたのである。

男たちはどこの馬の骨かわからない水死体を早く片づけてしまいたかった。二度と悪い潮流に押し戻されて浜に流れつかないように、足に重い商船の錨をくくりつけることを決めた。いわば海底深くへ厄介払いをしたいと思ったのである。その一方で、水死人は男たちにも衝撃を与えていた。

「猜疑心のつよい男や、夜の海で漁をしながら、妻が自分の夢をみるのに飽きて水死人の夢でもみているのではないかと考える連中はもちろん、豪気な男でさえ、エステーバンの真摯な死に顔を見ていると、自然に体が震えてくるのだった」

女たちは水死人の巨躯と美貌に自分たちのみじめな生活境遇を越える契機をみた。男たちにとっても水死人はいまやエステーバンであった。彼の真摯な死に顔を見て畏怖の念に襲われ、彼に対するおよびがたさを覚えたのだった。これもまた男たちのこれまでの生き方を変える契機となるような、はじめての体験であった。

エステーパンは、このような村の女たち男たちのなかで生きはじめたのである。

「ごらんなさい、皆さん、穏やかになった風がベッドに入って眠りにつこうとしているあのあたり、日射しが強すぎるのでヒマワリがどちらを向いたものかと戸惑っているあのあたり、あそこがエステーバンの村なのですよ」

あとがき

死をめぐるエピソードが好きだ。だが、死のエピソードをいくら重ねていっても死についての全体像を描き出すことはできない。死というテーマの周囲をぐるぐるまわりながら、その中心にたどりつけないもどかしさをこのエッセイ群に感じるかも知れない。しかし、それは私のせいとばかりはいえない。死という問題がもともとそういうものなのだ。私としては、書きながら自らを綴ったエピソードがエピソードとして完結していることを願うばかりであった。

この本のもとになったのは「槿花一日」というタイトルで雑誌『医事研究』に月一度、五年にわたって書き継いだものである。槿花一日という言葉が気に入っていた。朝咲いて夕方にはしぼんでしまうむくげの花の一日について、私は勝手にはかない栄華という意味を捨て、死へと引き寄せ、毎回数枚ずつ、読み切りの文章を書いた。

時評的な気分の外で仕事をしたのは久しぶりであった。そういう誘いをしてくださったのが『医事研究』（現在『メディカル・クラーク』）編集長の山本博道氏である。山本氏はすぐれた詩人であり、詩人の感性でもって、文体にいつも関心をはらってくれた。イラストレーターの三嶋典東氏は、力のこもったイラストを寄せて、拙文を輝かしてくれた。三嶋氏には本書の装丁もしてもらっている。お二人に感謝する。

編集の中川六平氏には、前著『「新しい家族」のつくりかた』につづいて世話を焼かせてしまった。中川氏には感謝よりお詫びの気持ちを伝えるべきかもしれないと思っている。

芹沢　俊介

二〇〇四年三月一五日

著者について

芹沢俊介（せりざわ・しゅんすけ）

一九四二年東京に生まれる。上智大学経済学部を卒業。評論家。子どもや家族、性・死・暴力、社会的事件を独自の視点で論じつづける。主な著書に『引きこもるという情熱』（雲母書房）、『母という暴力』（春秋社）、『ついていく父親』（新潮社）、『子どもたちはなぜ暴力に走るのか』（岩波書店）、『「新しい家族」のつくりかた』（晶文社）など多数。

死《し》のありか

二〇〇四年四月一五日初版

著者　芹沢俊介

発行者　株式会社晶文社

東京都千代田区外神田二－一－一二

電話東京三二五五局四五〇一（代表）・四五〇三（編集）

URL http://www.shobunsha.co.jp

中央精版印刷・美行製本